A URNA

DAVID OSCAR VAZ

A URNA

Ateliê Editorial

Direitos reservados e protegidos pela Lei 9.610 de 19 de fevereiro de 1998. É proibida a reprodução total ou parcial sem autorização, por escrito, das editoras.

ISBN – 85-7480-019-8

Editor: Plinio Martins Filho

Direitos reservados à
ATELIÊ EDITORIAL
Rua Manuel Pereira Leite, n. 15
06700-000 – Granja Viana – SP
Telefax: (11) 4612-9666
www.atelie.com.br
2000
Foi feito o depósito legal

SUMÁRIO

A Urna 11

À Sombra 31

O Outro 59

Um Conto de Natal 83

Mara 91

A Casa 115

Talagarça 123

Também se goza por influição dos lábios que narram.

MACHADO DE ASSIS, *Dom Casmurro*, Cap. XXII, "Sensações Alheias".

A Urna

Uma relíquia de família, a estória de um negro e de um homem poderoso, um afável negociante, uma velha forca. Apontamentos lançados no diário no início do caminho da volta não traduzem o efeito que esses dias fizeram em mim. Há duas semanas eu tinha apenas vinte e dois anos e nada no mundo podia ocupar meu espírito, a não ser o modelo do casaco para o sarau de Dona Augusta Camargo, ou a exata cor dos olhos de suas filhas. Tinha uma esperança enorme de ser convidado para o baile do imperador, que para mim seria a mais divina das noites. Assim era eu, assim levava a vida: nenhuma preocupação com dinheiro ou futuro. E chegou o dia que todos nós da família sabíamos que chegaria e que iria me retirar momentaneamente das festas e dos saraus da corte. O mais velho dos meus irmãos colocou sua mão em meu ombro e me lembrou que era hora de ir recobrar a relíquia que fizera tanto o orgulho de nossa casa.

Foi meu avô Camilo Pontes que, ainda muito moço, herdara com toda a fortuna que lhe era de direito a rica peça de arte: a urna. Não era uma urna qualquer, dizia meu pai, mas obra de singular beleza e fascínio. Ao redor dela, e a peça ocupava um lugar de destaque na grande sala, meu avô reuniu orgulhoso suas mais digníssimas visitas. Deixava que apreciassem à vontade seus encantos, as formas, os relevos, os apliques de filetes de ouro, finíssimos, que se combinavam tão bem com o azul-ferrete e o azul-claro, compondo, num jogo de tons e cores, fantásticas miragens marinhas. Tudo nessa peça impressionava, tudo arrancava suspiros de admiração. Dela meu avô bebeu à farta os mais doces elogios de sua juventude. Depois do êxtase da apresentação inicial, e bebericando já um licor agradavelmente doce e quente em cálix fino, as visitas iam tomando conhecimento da origem da urna. Ficavam então sabendo do conde inglês, desse grande aventureiro e assíduo freqüentador do palácio britânico, desse conde tão amigo de meu bisavô, tão amigo que o presenteou com um mimo da mais alta nobreza. Meu bisavô, é forçoso que se diga, fora seu sócio brasileiro; muito ouro arrecadaram juntos com o tráfico de escravos. O conde tinha uma gratidão infinita para com o amigo do Brasil.

Meu avô Camilo, no entanto, não chegou a desfrutar como queria da riqueza que recebera. Certas complicações políticas e financeiras vieram entornar sua boa sorte; viu-se de repente numa pobreza nem um pouco digna ou consolável. Como não era homem de se entregar com facilidade aos caprichos do destino, empregou toda sua força na tarefa de reerguer novamente seu império. Para ter algo com que começar, desfez-se meu avô do que lhe sobrou, escravos, casa, algumas jóias, tudo virou cobre e ouro... exceto, naturalmente, a urna. Um primo afastado aceitou-a como uma espécie de penhora, com a promessa de restituí-la assim que a sorte voltasse a sorrir a meu avô Camilo, ou a algum de seus descendentes. Muitas e muitas vezes meu pai descreveu a urna para mim, e eu a imaginava na solidão de uma sala vazia esperando pacientemente. "Um dia você irá buscá-la", dizia meu pai, o que me enchia de orgulho e ansiedade. E já sonhando com ela, dizia baixinho, "ela não espera qualquer um, ela espera por mim".

Mas no momento em que me relembraram do meu compromisso, eu já quase que vivia esquecido de nossa urna; e confesso que foi mesmo com tristeza que deixei a corte. Isto porque eu era agora um moço, com os olhos acostumados a apreciar a última moda e a vibrar todo de prazer com o burburinho da cidade. Como é que podia alguém viver longe do Rio de Janeiro, de suas luzes e de suas noites? Eu me perguntava enquanto ia me afundando por estradas interior adentro, por esses desertos americanos, tediosos desertos, que só têm encanto mesmo na poesia de um romântico. Para trás iam ficando as festas, tão minhas amigas, a ópera e toda a estação lírica, o piano de Lalinha... como era doloroso trocar tudo isso, ainda que só por alguns dias, por banhos de poeira e fadiga em caminhos infinitos. Somente a urna, a esperança de em breve recobrá-la, de trazê-la de volta para a família, e de por isso receber os cumprimentos, e de me envaidecer por imaginar que sem mim ela estaria para sempre fora de nossas vistas, somente ela, a graciosa urna que eu nunca vira, mas que ocupara grande espaço em festa na minha imaginação de criança e adolescente, somente ela me animava e me empurrava para adiante.

Quando cheguei a esta cidade, vinha dividido; trazia no coração a vontade de tocar a famosa urna e nos olhos a enorme saudade da corte. Certamente foi a saudade que embotou tanto minha visão quando cheguei, pois tudo aqui me pareceu feio e desprovido de vida. É verdade que a entrada da cidade não ajudava muito, com suas casas mesquinhas, cujas paredes, ainda que caiadas, não podiam se livrar da cor de terra da metade para baixo. Acrescente-se a isto que era de tardezinha, e a enfraquecida luz do dia desbotava todas as coisas. O sol já ia lá por trás de umas nuvens cinzentas, e havia no ar a promessa de chuva e talvez frio.

Precisava tirar do corpo o cansaço com um banho demorado e uma boa noite de sono. Trazia numa caderneta o nome do homem que deveria procurar e também o endereço recomendado de uma hospedagem. Tratei logo de me instalar. O local que me abrigaria por alguns dias não ficava longe do centro; o prédio não era bonito nem novo, ficava numa praça e destacava-se quase nada das construções vizinhas. Tratei o preço com um homem que atendia pelo nome de Leopoldo, conversei o necessário e subi para o quarto. Ao abrir a porta, suspirei desanimado, e eu que pensava que minha primeira viagem seria para Paris.

Tomei banho, jantei e me recolhi cedo. No dia seguinte trataria de achar Azevedo Borges, filho do tal primo de meu bisavô. Agora era descansar e esperar. Retirei de uma mala pequena *O Conde de Monte Cristo*. Que idéia, censurei-me percorrendo com o dedo a lombada, trazer um livro tão adolescente! Devia estar mesmo com a cabeça desconcertada quando deixei a corte. Não que devesse vir na companhia de um Dante, mas de um Dumas!... Ainda se fosse o filho, teria o consolo da sempre agradável Marguerite Gautier, mas então... paciência. Enfiei-me na cama mesmo com o romance de aventuras, duas páginas depois já estava eu, como em outra época, tomado por esta trama de cartas falsas e prisões até que, não sei exatamente quanto tempo depois, deixei que Edmond Dantés escapasse pela cama abaixo e me rendi ao sono.

Levantei às oito e, às nove, já estava pronto para sair. Fazia frio e o céu tinha a cor triste da ardósia. Perguntei a Leopoldo se conhecia Azevedo Borges. O homem se espantou.

– E quem não conhece, meu senhor! Acaso é parente?

– Distante, ainda assim parente. Sabe onde mora?

Saiu então comigo à calçada. Depois da praça eu deveria pegar a ruazinha à direita, seguir por ela até encontrar a Sapataria do França e dobrar à esquerda bem ali, antes de chegar ao Largo da Forca. Assim procedendo, logo veria a casa dos Borges, não havia como se enganar, a casa era a maior da rua, talvez da cidade, e eu veria dois leões guardando a entrada.

Lá fui eu, numa excitação de às vezes fazer subir o sangue à cara. Ao chegar à esquina da sapataria, notei, por um vão de altas paredes, um braço de madeira avançado: era um breve recorte da forca que dava nome ao Largo. Que coisa! – exclamei admirado. O nome do local não se resumia a ser uma referência a ações do passado, como é natural na maioria dos nomes de logradouros! Não, não era assim, aqui o nome não se limitava apenas a evocar algo que agora deveria estar já apagado da memória de quase todos, mas uma indicação do próprio objeto, a forca, ali, presente, como uma estátua concebida. Cidade estranha, disse sorrindo, e continuei caminho.

Na porta da casa do senhor Azevedo, atendeu-me um preto curvado pela idade e, como descobri depois, também pelo chicote. O criado, com sustos indisfarçáveis, pediu que eu aguardasse. Enquanto esperava, a ansiedade começou a crescer, pensava na urna e torcia para que tudo estivesse bem. O senhor Azevedo Borges, pelo pouco que sabia dele, era uma pessoa honrada. Haveria de ficar triste em se ver afastado daquele objeto guardado por ele durante tanto tempo. Era homem de palavra, pelo que assegurou meu pai, que o viu apenas uma única vez, mas foi o suficiente para lhe causar forte impressão. Era ainda menino meu pai na ocasião em que testemunhou a renovação do compromisso entre Azevedo Borges e meu avô.

E agora, depois de todos esses anos, eu estava ali... e devia estar a poucos metros da urna, e minhas mãos incrivelmente geladas. Ela ali na sala, e eu podia até vê-la como se as paredes e as portas fossem transparentes. Sim, estava ali, solitária, me esperando como o tesouro de Monte Cristo esperou por Edmond Dantés.

Então, por fim, o criado do senhor Azevedo voltou e abriu a porta, que, longe agora de ser invisível, era de madeira, pesada e cega. O preto se desculpando disse que infelizmente Nhô Borges não me atenderia. Perguntei-lhe se havia pronunciado corretamente meu sobrenome ao seu amo. O negro, como se tivesse sido insultado, e tivesse o direito de retrucar-me, respondeu-me com insolência que eu voltasse mais tarde, ou talvez no dia seguinte, e fechou-me bruscamente a porta.

Fiquei um momento perplexo, depois praguejei intimamente contra aquele meu parente que se recusava a me receber. Uma chuva fina havia começado, e eu parado feito um tolo olhando a porta, a porta que me separava do meu tesouro. Não era justo, disse comigo mordendo as palavras, não era justo! Afastei-me; a custo afastei-me; ia sem querer ir. Parei na calçada numa última esperança e me voltei. Meu rosto devia estar pedindo para que abrissem a porta. Mas nada; silêncio apenas. Os dois leões de pedra guardavam impassíveis a casa do meu tesouro. O que era então que eu podia fazer? Monte Cristo devia esperar. Fazia frio, chovia, e eu me recolhi à hospedagem.

Vi pela janela do meu quarto a tarde passar, e toda ela passou molemente regada pela chuva, que ora era fina, ora mais fina ainda. Nem a leitura me confortava agora e acabei atirando Dumas num monte de roupas sujas. Nada me tirou de mim; o jogo de paciência não apressou os ponteiros do relógio e resolvi descer para ver se encontrava alguém com quem falar. Naquela espécie de saguão de entrada, encontrei Leopoldo folheando um jornal numa cadeira de balanço. Aproximei-me para puxar conversa. Queria no fundo falar da má impressão que esta cidade me causava e da vontade que tinha de voltar logo para a corte, ao invés disso, acabei falando da garoa e do frio.

– E olha que há três dias não estava assim – observou Leopoldo. – Era um sol forte de dar preguiça e uma poeira grossa de dar tosse. Mas por aqui o tempo é desse jeito, quando menos se espera, muda.

– Se assim forem também as pessoas, talvez amanhã meu parente me receba.

Leopoldo fez cara de quem nada entendeu, e contei-lhe minha desventura.

– E o preto ainda por cima me bateu a porta na cara.

– Ah, o Lazinho!... Não ligue para esse pobre diabo, não regula bem, entende, foi pancada demais...

– Devia era receber mais alguma pelo desaforo que me fez. Pancada!... não me parece que leva má vida, veste-se bem...

– Hoje é assim, hoje... mas olha que esse negro já sofreu como um judas, lambadas de perder a conta, queimaduras, ferros, tudo. Se não morreu foi pela mão de Deus que abrandou a tempo o coração de Azevedo Borges. A partir de um santo dia, o homem não lhe encostou mais o chicote, e como só isso não bastasse, botou-lhe como seu criado de confiança. O Borges tolera-lhe tudo; o Lazinho é desrespeitoso às vezes até com ele. Caprichos do Borges, caprichos de quem também já sofreu...

Nesse instante Leopoldo pareceu embaraçado. Talvez, no meio da frase, tivesse se lembrado que eu era parente de Azevedo Borges e que ele estava ultrapassando os limites da discrição. Pensando assim, tratei de poupá-lo e mudei de assunto. Percebi depois que devia ser outro o motivo do embaraço de Leopoldo, pois, mesmo mudando a direção da conversa, o comportamento do homem não se modificou. Mal comecei a falar da curiosa presença de uma forca, da qual eu vislumbrara um pedaço da esquina da Sapataria do França, Leopoldo levantou-se e o rosto estava um pouco vermelho, não soube direito se olhava para mim ou se folheava o jornal. Bateu a mão na testa com um gesto exagerado como quem se lembra repentinamente de um compromisso; jogou o jornal sobre a cadeira de balanços, pediu desculpas e licença e entrou para os fundos do prédio.

Estava eu novamente sem companhia, e foi assim que fiquei e agüentei o resto da tarde. À noite, jantei mal, e nem o chá de melissa antes de dormir livrou-me de pesadelos. Sonhei com Lazinho fechando porta atrás de porta num corredor infinito. Sonhei com uma forca estendendo seu braço de madeira pelo ar, um braço que cruzou as ruas de baixo e a praça onde se encontrava a hospedagem, atravessou minha janela e veio tocar-me na cama, a cama que não era do meu quarto, mas de uma cela do Castelo de If.

A manhã veio livrar-me da prisão do sonho. Vesti-me e logo depois estava de novo em frente da casa de Azevedo Borges. Mais uma vez minha entrada foi recusada, mais uma vez, como no sonho e como no dia anterior, Lazinho fechou-me a porta com estrondo. Retirei-me mais resignado talvez e voltei à tarde; mas a tarde não fez mais do que plagiar a manhã.

Não era possível... o que é que estava acontecendo? Perguntava-me sem atinar com resposta alguma. Fiz mil conjecturas que fui abandonando uma a uma. Andava pelo quarto, olhava pela janela: lá fora, a chuva havia parado, mas deixara escrito no céu que voltaria mais tarde. Era sábado, e o dia seguinte seria inútil para tratar de negócios e teria de esperar até segunda-feira, o que eu já faria de bom grado se tivesse a certeza que na segunda eu seria recebido por Azevedo Borges. Era sábado, e mais tarde haveria piano e conversas na casa de Dona Augusta Camargo. E eu tão longe de lá; eu tão próximo e tão longe da minha urna. Era sábado, e prometi a mim sair à noite; mesmo que não parasse de chover, que caísse uma tempestade, haveria de encontrar nessa cidade algum lugar em que a música e a alegria estivessem dispostas a matar o tempo para mim.

Depois de certa insistência minha, Leopoldo indicou-me um lugar.

– Não é como na corte – advertiu-me.

Eu nem tinha a ilusão que fosse. Depois do jantar, coloquei meu sobretudo preto e saí. Quer pela carência de hábitos noturnos, quer porque o frio os varresse das ruas, o fato é que não cruzei com nenhum outro passante. Não havia chuva, mas um vento frio, muito frio, e o céu, em silêncio, iluminava-se constantemente. O único barulho provinha de meus próprios passos, intercalado, vez por outra, pelo toque da bengala no passeio de pedra. Nessa noite, até os cães economizavam latido. Atravessei a praça, peguei a direita e segui. Passei em frente à Sapataria do França e desta vez continuei reto em direção ao Largo da Forca. Uma sensação estranha me invadia ao me aproximar desse local, talvez motivada pela pouca potência dos lampiões frente ao domínio da noite.

Quando entrei no Largo, parei. (Ou fui parado por alguma mão invisível que se espalmou em meu peito?) Naquele espaço subitamente dilatado, perante àquela visão fascinante, uma sensação de abandono ou impotência, não sei, tomou conta de mim. O Largo me pareceu absurdamente amplo, pouco iluminado, apesar dos lampiões estarem todos acesos. Ali estávamos apenas eu e aquela maquinaria formidável, aquele esqueleto negro de madeira e também de corda que, pendida ao tempo, formava o abominável olho que se iluminava a cada relâmpago. E haviam deixado ali aquele instrumento de morte para que o tempo o desmontasse, mas o tempo nada de muito grave havia feito, talvez algumas ranhuras que só se vêem à luz do dia; mas durante a noite, a forca parece ter a mesma força destruidora que tinha no dia que a plantaram naquele lugar. Fui atravessando o Largo sem desviar o olhar dela, como se temesse que, como no sonho, ela avançasse sobre mim. Então fui andando e deixando-a à esquerda, cada vez mais, e mais, até que ela foi parar às minhas costas; e assim ficou, vendo-me sair de seu campo de visão, e me viu desaparecer pela outra boca que dava no Largo.

Um pouco tonto, respirei fundo, calquei com a bengala no chão, caminhei e tratei de esquecer aquela visão; fui adiante. Segui três, quatro quarteirões, e cheguei ao endereço que Leopoldo me indicara. Fui recebido por um homem de seus quarenta anos que pediu que eu entrasse e me pusesse à vontade. Havia ali a gente esperada. Em duas mesas jogavam-se cartas, e homens ao lado assistiam ao jogo. Num canto havia música, dois rapazes e duas moças cuidavam de uma canção triste e cheia de denguices, um deles tocava guitarra, uma delas a castanhola. Um velho bêbado ocupava sonolento e solitário uma mesa, pareceu-me um traste tolerado pelo dono porque a ancestral freqüência lhe dera alguns direitos. Por fim, numa mesa, igualmente solitário como o velho bêbado, havia um cavalheiro muito distinto que chamou-me logo a atenção pelo bom gosto com que se vestia. Afora minha própria pessoa, este cavalheiro de tão fina aparência destoava do resto do ambiente. Mal entrei, fez um gesto cortês de cumprimento, ao que eu, com muito gosto, retribuí.

Não é difícil de imaginar que acabamos dividindo mesa e fazendo companhia um ao outro. Quando nos apresentamos, o homem estendeu a mão e pude sentir um agradável cheiro de água-de-colônia no instante em que dizia:

— Álvaro Costa, a seu dispor.

Em pouco tempo, falávamos como falam os já conhecidos. Álvaro era uma pessoa agradabilíssima e sabia tudo do Rio de Janeiro. Havia, no entanto, qualquer coisa nele que não casava bem com sua simpatia. Não sei se era o jeito de olhar, tinhas uns olhos duros e, ao mesmo tempo, inquietos; não sei se era o jeito de falar, apesar de muito polido, o tom de certas frases era quase sarcástico, outras vezes, quase agressivo. Disse-me que costumava ir à corte duas ou três vezes por ano.

— Para manter o guarda-roupa em dia — completou.

Para este homem pude confessar o quanto me era monótona esta cidade, com o que ele concordou inteiramente.

– Não há como a corte, meu rapaz; eu ainda me mudo de vez para lá, por enquanto, porém, tenho por cá uns assuntos a resolver. Mas por falar em assuntos, o que é que o traz a nossa cidade?

Contei-lhe sobre a urna de nossa família e da dificuldade que estava encontrando para ser recebido pelo senhor Azevedo Borges.

– Não se afobe tanto, meu rapaz. Eu sei o quanto é difícil pedir a um jovem que não tenha pressa, mas não se afobe que tudo se resolve. Tenho certeza de que a semana que vem... você verá!... vai voltar para casa com a tal urna.

– Não sei, não, – disse desanimado. – Começo a acreditar que ela já nem exista, ou deve estar danificada.

– Qual danificada, qual sumida! Pois lhe asseguro que sua urna não só existe como está maravilhosamente inteira... E digo isto por uma razão muito simples, eu mesmo a vi esta semana.

Deixei escapar um grito de euforia, e o velho bêbado ao meu lado soltou um resmungo.

– Acalme-se, meu jovem, deixemos esse velho no seu sonho – e sorriu como quem quer rir perversamente, mas se contém.

– E como conseguiu?...

– Ora, Azevedo Borges me recebeu em sua casa. Não acredita, o velho não é mau, já foi, mau como um diabo, agora não é mais...

– Pode não ser mau, mas é estranho, para dizer a verdade, acho essa cidade toda muito estranha: um parente que não me recebe, uma forca que nunca foi desmontada...

– Sossegue, olha que o velho bêbado acorda e assim não poderemos mais prosear. E seria uma pena porque esta noite está mesmo para prosa. Quer saber, tenho uma estória da qual você vai gostar, uma estória que une Azevedo Borges e essa forca a que você se referiu. Quer ouvir? Talvez depois dela você entenda melhor esse seu parente.

Álvaro fez um sinal para o homem que me recebeu e este trouxe mais vinho. Depois de servido, meu companheiro sorveu com prazer um pequeno gole, depois olhou para mim, olhou se o velho ainda dormia e começou sua narrativa, que foi mais ou menos a seguinte.

Há muitos anos aquela forca fora erguida para que se cumprisse a pena de três traidores, eram contrabandistas que ousaram se insurgir contra as ordens da coroa. A sentença foi lavrada e tudo foi organizado como para um festejo, comércio fechado, desfile da guarda, gente de toda cidade vizinha, pais e filhos se acotovelando para nada perderem do espetáculo. Azevedo Borges, além de muito rico, era investido nessa época de muitos poderes, enérgico e aferrado às tradições. A falta não precisava ser muita para castigar qualquer um de seus negros. Acreditava na lamentável degradação do gênero humano e que dele iam desaparecendo dia a dia a coragem e a dignidade. Mandava chicotear um preto só pelo jeito dele rir. Foi Azevedo Borges quem organizou todo o processo de julgamento e a execução dos traidores.

Consumado o exercício de justiça, ninguém soube por que não houve a imediata desmontagem da forca. Atrás dela, num vão de parede, cuja entrada estava agora parcialmente obstruída, vivia um velho negro alforriado que andava pela mão da caridade alheia. Raro era não vê-lo bêbado, não encontrá-lo sujo e fedendo. Brinquedo preferido de um grupo de crianças que, mal o viam, punham-se logo a atormentá-lo com gritos e xingamentos. O negro Arantes, era assim que se chamava, parecia não se importar com nada, o máximo de sua tirania era armar umas caretas que punham em fuga todas as crianças e fazia-o rir por dentro. A vida do negro Arantes havia de se cruzar com a do senhor Azevedo Borges, e seria tão decisivo esse encontro que eles não poderiam ser mais o que foram até então.

Aconteceu alguns dias depois dos festejos da execução. Uns meninos vieram brincar na forca, treparam pelas tesouras, subiram e desceram degraus, pularam, gritaram, e... não demorou que descobrissem o Arantes em sua toca. Começaram então uma algazarra enorme, atiraram nomes e coisas para dentro do buraco onde dormia o velho. Acordando e já acostumado ao ritual, Arantes surgiu da parte de baixo da forca grunhindo. Os garotos dispararam e foi um leque se abrindo no Largo. Foi nesse momento que aconteceu a tragédia. Um dos pequenos foi apanhado por uma carroça; tudo tão rápido e fatal, o cocheiro bem que tentou, mas nada conseguiu com as rédeas. O miúdo foi pisado pelo animal e pelas rodas. Era ele o protegido de Azevedo Borges, seu sobrinho, órfão de sua única irmã e criado em casa como filho. Quando o ergueram, já estava morto.

Azevedo Borges, já avisado, veio meio louco. Viu o menino em silêncio e sangue; caiu junto a ele e chorou. Dor e cólera foram se misturando, até que por fim a última agasalhou completamente a primeira. Alguns previamente já se compadeciam do destino do velho Arantes. Azevedo Borges passou o sobrinho morto para o negro que o acompanhava. Azevedo Borges reduziu o tempo da dor da perda para ampliar o da justiça, e já trazia a lei na mão. Era um chicote, um chicote feito especialmente para o seu uso de justiciador, um trabalho encomendado a um artista, que teve o capricho de guarnecer o objeto, a pedido do cliente, com filetes de metal. Azevedo começou a procurar o Arantes, e não foi preciso muito, o negro estava ao lado da forca, encolhido, boca semi-aberta, olhos em pânico.

O homem se pôs a chicotear o velho. Foram então chibatadas e chibatadas, nomes e nomes no mesmo compasso: bêbado, vagabundo, inútil... O negro erguia as mãos e em vão defendendo-se. E chorou; e pediu: "Nhô-nhô, não... não faça isso, Nhô-nhô!..." Uma roda formou-se. Todos sabiam que o negro era alforriado, mas quem contestaria a legitimidade daquelas pancadas? Um homem que chegou naquele instante perguntou ao da frente o que se passava e ouviu a lacônica resposta com um baixar de cabeça: "A justiça". E as pancadas não cessavam, tome, tome... e Azevedo mandava o outro calar a boca mesmo quando o outro estava mudo. "Mula!... Cão!... Carniça!..." e nomes, e outros nomes... As chagas foram brotando corpo afora do negro; as roupas vermelhas! Se Azevedo deu as primeiras mostras de cansaço, o cheiro de sangue parece que renovou-lhe o ânimo, e chibata, chibata... Num dado momento, o olho esquerdo do negro vazou, e alguém apontou alguma coisa redonda, gosmenta, descendo ombro abaixo: "Nhô-nhô, perdoa!...

perdoa, Nhô-nhô!..." Nada. O senhor do chicote parava, mas só para tomar um fôlego, e voltava, chicote, chicote... "Peça desculpas." O velho pedia, absolutamente adiantava. "Arrependa-se." O velho se arrependia, e nada. Viram então o negro cair pela terceira vez e todos acharam que era o fim, porque no chão continuava a receber as chicotadas e não mais reagia. Azevedo exausto, o suor descia pelo rosto, a camisa empapada. "Levante-se, infeliz, seja um homem..." Azevedo ofegante não tinha mais forças. Foi então que houve o inesperado; daquilo que era só restos de roupas e pasta de sangue, surgiu algo; primeiro, um movimento, algo vivo se mexeu no vermelho da rua. O escravo alforriado lentamente levantou-se. Quase cego, o homem caminhou pela rua. Azevedo atrás tentou detê-lo, mas já era pouca a força para o chicote. Arantes cambaleou, por pouco não caiu de novo, agüentou firme. O homem atrás tentando ainda pará-lo a chibatadas. Arantes encostou o pé na escada de madeira. Ali, no primeiro degrau, endireitou o corpo o mais que pode, e começou com uma altivez cega a subir para o tablado. E então no alto todos viram o que não se podia imaginar. Arantes colocou a corda em torno do próprio pescoço e se atirou para a morte. Azevedo ficou ali, boca aberta, chicote caiu ao lado, o negro pendurado. Depois, Azevedo voltou para casa mudo e nunca mais foi o mesmo. A forca ninguém teve coragem de desmontar.

Eis a estória.

Álvaro quase precisou me sacudir para me tirar dela.

– Vamos, tome um gole de vinho, vamos, meu rapaz, tome... para que eu possa acabar.

— Como... ainda há mais?

— Pouco, uma coisinha ou outra — e seus olhos foram rápidos ao bêbado da mesa ao lado e voltaram aos meus — Este velho bêbado que dorme ao nosso lado é o parente que você procura e a personagem da estória que contei.

— Meu Deus!...

— É a vida... é a vida... — disse com resignação e ao mesmo tempo com um estranho júbilo... — Azevedo Borges perdeu tudo; só lhe restou a casa onde mora e o escravo Lazinho. Claro... isto é, tudo ainda é dele até segunda-feira, que é quando vence a hipoteca da casa. E na terça-feira, o que ele ainda possui hoje será um adicional no meu patrimônio. Não me olhe assim, meu rapaz; não fosse eu, seria outro. Diga o que quiser, mas não fale alto, deixe-o sonhar... mais um trago?

Volto para a corte com a sensação de que se passaram anos. Levo comigo a urna que na terça-feira mesmo consegui comprar de Álvaro Costa, que é um homem simpático e prático, bom comerciante. A urna é bonita, diferente de como a imaginava. Uma urna. Todos irão admirá-la, certamente mais eufóricos do que eu. Deixei lá na hospedaria a estória de Monte Cristo, e trago a estória de um negro quase anônimo. Escrevi na caderneta alguns apontamentos que depois se tornaram essa minha estória, sei que todos só irão querer saber da urna. A urna é melhor. A urna é sublime. A urna. A urna. A urna...

À Sombra

BALCÃO DE ROXANE

À sombra do luminoso balcão,
O amor se agita.
Oculto sob a ramagem do arvoredo,
Entre bichos que copulam na escuridão,
Brota seu canto vegetal,
Que se esgalha pela boca alheia:
Vem, vem, oh minha doce Roxane,
Para os braços de Bergerac,
Que a luz do seu amor só no meu amor se verá.
[...]

(Poema de Ricardo, a personagem)

Por duas semanas, Liliane não se lembrou, nem por um momento, das palavras de seu analista e nem experimentou aquele sentimento mesquinho que, a contrapelo, o amor de Ricardo provocava nela. Nem mesmo a proximidade, sempre tão inconveniente de mamãe, causou-lhe maior irritação. Tinha motivos para não ligar para estas coisas que agora lhe pareciam tão pequenas: havia acabado de defender sua dissertação de mestrado em psicologia e gozava, no momento, do fino prazer de haver realizado um bom trabalho. Ao ouvir o parecer da banca, lutou em vão para reter uma insolente lágrima. Era uma pena que papai não tivesse vivido para ver até onde sua menina havia chegado. Nem Ricardo, nem mamãe, nem a Cris assistiram à defesa, somente uns poucos conhecidos, que ficaram sinceramente impressionados, e Dora. Sim, a amiga Dora não deixaria nunca de vir.

No dia seguinte ainda, como se o céu da véspera se prolongasse no tempo, recebeu Liliane os parabéns dos colegas do trabalho. Muitos beijos e abraços, uns elogiando sua dedicação; outros, sua inteligência; outros ainda, não sabendo o que elogiar mais, disseram simplesmente que ela merecia toda a felicidade do mundo. Havia aí, certamente, o dedo e a língua de Dora. O chefe, no intervalo da aula, veio cumprimentá-la, deixando-a um pouco encabulada. Vinha dizer-lhe pessoalmente o quanto estava orgulhoso de ter em seu quadro uma professora tão jovem e já titulada pela USP. Nunca Cassiano havia sido assim tão gentil com ela, talvez exercitasse apenas alguma orientação do sistema de qualidade total que a faculdade estava implementando. O certo é que Cassiano foi além dos cumprimentos e, aproveitando a ocasião, fez à moça um convite irrecusável: queria que ela fosse a responsável pelo discurso de reinauguração de um dos anfiteatros da faculdade. Como lecionava há pouco tempo, Liliane recebeu o encargo como se recebesse mais um título de distinção. Recém-reformado, o anfiteatro seria rebatizado em homenagem aos antigos professores que haviam passado pela casa. Cassiano pensou nela para o discurso, era filha do ex-mestre de Educação Moral, o professor Mário Cândido, profissional exemplar que muita saudade havia deixado.

Com tudo isso, Liliane sentia-se outra. Nem as ausências de Ricardo pesaram tanto. Ausência sentida pra valer só mesmo a de papai. Era a única coisa que realmente embaçava o brilho da nota dez que *A Ciência do Ciúme e da Perversidade* conseguira.

Mas os dias se passaram, e as aulas, o trabalho na clínica, os planos para o doutorado... e todas essas coisas, aos poucos, foram se encaixando na rotina. Liliane teve que se defrontar outra vez com aquela descoberta, maviosamente ocultada pela alegria dessas duas semanas. A descoberta, tão evidente e tão assustadora, de que também ela era prisioneira das verdades que lançara em seu trabalho. Debruçada sobre o *ciúme*, não foram poucos os momentos em que se viu refletida nos parágrafos de sua dissertação. Quando veio a se lembrar novamente das palavras de seu analista, elas soaram como uma previsão de Tirésias: *"Ninguém passa impune por uma dissertação de mestrado"*.

Há dois anos Liliane já havia terminado todos os créditos do mestrado, mas, levada por que impulso interior, resolvera inscrever-se num curso sobre tragédia. Embora fosse oferecido aos interessados de outras áreas, o curso destinava-se prioritariamente aos alunos de teatro. Devia ser fascinante penetrar naquele mundo em que nasceram Édipo e Electra!

Foi aí que conheceu Ricardo e não demorou que se encantasse por ele. O colega de sala era uns dez anos mais velho do que ela, atestavam os fios grisalhos que ousavam competir já com os negros. Não era bonito, ao menos Liliane não o achou bonito à primeira vista; achou-o charmoso. Ficou deslumbrada ao vê-lo discorrer, logo na primeira aula, sobre o destino das heroínas nas velhas tragédias. A elegância vinha de dentro, como uma luz que não se podia aprisionar, confessou a moça tempos depois e com um ar de adolescente à amiga Dora. Numa semana, discutiram Shakespeare no intervalo do café; na outra, já eram velhos amigos amantes de teatro. Mais tarde quando surgiu a primeira briga entre eles, Ricardo, lembrando-se desse começo, observou sorrindo: "e nem podia ser diferente, foi Otelo quem nos uniu!" Mas não vamos adiantar assim o próximo ato; até o momento ainda, Iago não havia começado seu trabalho; somente Cupido, seu estrago.

Liliane soube que Ricardo trabalhava com teatro, e a revelação foi um acender de holofotes.

– Você é ator então? – perguntou a moça com os olhos muito abertos.

– Também... mas prefiro os bastidores – e explicou, entre uma tragada e outra, que no momento se ocupava da cenografia e da iluminação de uma peça. Explicou e sorriu; ao ver o sorriso, Liliane intuiu que muitas outras coisas surpreendentes prometiam sua boca. Mas a revelação seguinte foi menos radiante que a última, soube a moça que Ricardo era casado e que tinha dois filhos maravilhosos. Num movimento reflexo, ela retrocedeu a perna que há pouco, sob a mesa, encostara displicentemente na dele.

Quando pôde estar só consigo, Liliane pensou que não devia alimentar ilusões. Voltavam-lhe as lembranças fantasmas de seu caso com Augusto. Viu-se novamente molhando lenços e fronhas; viu novamente mamãe vindo lhe falar as mesmas coisas horríveis. Quando rompeu com Augusto, decidira sabiamente romper de vez com a mãe, o que não era difícil, já que não se davam há muito tempo. Firmaram um pacto de só se falarem do indispensável: a conta de água, o dia da faxineira, notícia de casamento ou morte de parente. Liliane não iria alimentar ilusão alguma, já amava mesmo Ricardo de verdade.

Numa manhã de sábado em que o sol expandia mais a manhã e mais o sábado, a moça se descobriu feliz como se despertasse com passarinho verde, ou de qualquer outra cor, cantando na janela. Permitiu-se o prazer de um acordar sem pressa como há muito não se lembrava de fazer. Lá embaixo, o barulho das vozes e dos talheres, e ela sentiu como se o despertar fosse no tempo de criança. O cheiro do café veio subindo alegre as escadas e se enfiou pelo vão da porta, e o quarto, aos poucos, foi vestindo sua roupa matinal. Quão melhor era estar assim, bocejou, e ficou por uns dez ou quinze minutos numa modorra de dar gosto. Vieram-lhe à memória alguns fragmentos da noite anterior, e uma misteriosa mão invisível desenhou um sorriso em seus lábios.

Fez muito bem em ter aceitado o convite de Ricardo para assistir aos ensaios da peça. Encontraram-se nas portas de trás do Teatro Sérgio Cardoso e ela mal conseguira, no atrapalhado das mãos, esconder a ansiosa alegria. Entraram por um corredor palidamente amarelo, não graças à caiação, mas ao mortiço das lâmpadas, que se repetiam ao longo, e que contribuía para além de amarelado fazê-lo também infinito. Foi ali, na volta depois dos ensaios, quando vinham andando devagar, como se passeassem livres num bosque, ela falando de como a noite havia sido maravilhosa e ele com a mão em seu ombro escutando feliz, que, num dado instante, Ricardo a fez parar, olhou-a fixamente, e a beijou. Tudo foi num instante. O corredor amarelo então desapareceu, como devia ter desaparecido o resto do teatro e do mundo. Foi um breve beijo, mas um traço de seu gosto permaneceu até a manhã seguinte em que Liliane, preguiçosa, não arrumava vontade de sair da cama. E depois, quando Ricardo já ia abrindo os olhos, e voltavam ambos ao que eram antes, ela o puxou e o fez retornar ao seu encanto. Mas esse segundo beijo não durou o tanto quanto o desejo queria, pois do final do corredor, tornado outra vez amarelo, veio um vozerio, o que fez com que, escrupulosamente, ele a deixasse e começassem ambos a encenar um diálogo cheio de sorrisos, carente de qualquer sentido.

Liliane espreguiçou-se não querendo deixar nem a cama, nem as lembranças. Contemplou com prazer o desenho da coluna de luz que penetrava pela janela; modelada pela cortina, ia tocar o tapete ao lado de sua cama. Recordou alguns outros antecedentes daquele beijo. A coluna de luz tornou-se facilmente o corredor amarelo em que caminhavam, logo que ela entrou, na direção dos camarins. Ricardo falava então de *Hamlet*, uma peça tão manjada e tão fascinante! Fez um ou dois comentários sobre a concepção cenográfica e três ou quatro sobre a iluminação.

– A luz, em alguns momentos, é tudo – explicou orgulhoso – É tudo e, ao mesmo tempo, deve parecer que nem existe.

Como é o amor às vezes, quis completar Liliane, mas se conteve e achou-se ridícula por ter concebido semelhante frase. Mas agora que se lembrava disso, não se achava de maneira nenhuma ridícula. Olhou em volta, os pés da cama, os livros na estante, o microcomputador que ela comprara com seu próprio dinheiro... Houve um tempo em que ela não possuía nada disso, na época em que Eduardo era ainda solteiro e Liliane tinha que dividir o quarto com a irmã. Tinha então apenas uma parede. A parede. Aquele mundo vertical que se levantava vertiginoso ao lado de sua cama, onde uma profusão de olhos e rostos dividiam o espaço com frases ou palavras coloridas, retiradas da *Capricho* ou da *Contigo*, e com fragmentos de imagens, arco-íris, pôr-de-sol, margaridas... E eram todos rostos muito jovens, à exceção de um Harrison Ford da época de *Guerra nas Estrelas* e de papai. Sim, papai também estava ali, numa foto em que aparecia sentado num banco de jardim, sorridente, lindo, ao lado de um girassol.

Chegaria o tempo em que ela recolheria para dentro de uma gaveta esse mundo de desejos e cores. Se Liliane se lembrava agora dessas coisas, era também por causa da noite anterior. Logo que chegaram ao camarim, fora apresentada a alguns do elenco e com sorriso e olhos de tiete cumprimentou o Sérgio Mamberti e a Ester Góes. Ao apertar a mão do Édson Celulari, sentiu-se mais encabulada, veio-lhe súbito a lembrança de uma foto em que o ator não era ainda nenhum galã da Rede Globo, apenas um garoto bonito e anônimo a provocar arrepios apaixonados numa adolescentezinha que pendurava recortes coloridos na parede do quarto.

A voz rouca da mãe, que subia da cozinha, e a lembrança da antiga parede trouxeram-lhe uma recordação mais antiga. A mesma voz rouca de agora vinha do corredor do passado, gritava então com a empregada; a moça, sentada numa cadeira, e com as duas mãos cobrindo o rosto, chorava convulsivamente. E mamãe xingando, xingando, e acusando-a de roubo e ameaçando-a com a polícia. Isto aconteceu logo depois da morte de papai. Haviam desaparecido algumas jóias, poucas, que a família não possuía muitas, e outras estavam bem guardadas. Desapareceu também a foto de papai que Liliane tinha em sua parede, além de uma corrente, um broche, do qual ninguém tinha memória, e um pingente de ouro que papai havia comprado pelos dezoito anos da filha. Mamãe, nervosa, nervosa demais para aceitar qualquer explicação, apenas xingava; e Joceli se defendia sem palavras, chorando. A patroa representava a imagem pura da dor e do ódio; não chamou polícia, nem exigiu indenização alguma, colocou a moça na rua sem direitos, sem um cruzado, e fim. Liliane nunca engoliu essa estória, não podia conceber que a Joceli, a pobre coitada da Joceli, fosse alguma ladra, menos ainda que tivesse algo com papai para querer-lhe a fotografia.

– Vai ficar do lado da empregada?

A filha não queria odiar ainda mais a mãe e calou-se.

Liliane tratou de livrar-se logo dessas tristes e antigas lembranças e ficar somente com as alegres da véspera. Sentou-se na cama e antes de acabar de se espreguiçar, já estava outra vez no teatro se acomodando na quarta fileira da platéia. Ricardo sentava-se ao seu lado, e os atores começavam o trabalho. Ensaiavam aquela cena em que o rei Cláudio revivia através do drama alheio o seu crime, encenado pelos atores contratados por Hamlet. Viram, mais de uma vez, o rei usurpador levantar-se indignado e deixar sua sala de teatro. Viram, mais de uma vez, o rei assistir ao espetáculo em que via a si próprio no palco, e descobrir horrorizado ser ele presa de um drama muito maior, e o palco não era então o pequeno e ilusório tablado que armaram em seu palácio, mas todo o castelo de Elsenor.

Liliane levantou-se finalmente da cama, foi até o guarda-roupa e apreciou-se no espelho da face interna da porta. Reprovou com uma careta os cabelos despenteados e o rosto um pouco inchado. Depois de assinalar esses defeitos, passíveis de conserto, felizmente, contemplou seu corpo. Inclinou para a esquerda a cabeça e percorreu com as mãos os seios e a cintura para sentir-lhes a firmeza por baixo da seda da camisola branca, e gostou do que viu. Inclinou depois a cabeça para a direita para se apreciar de outro ângulo, examinou aqui, mais ali, afastou um pouco as pernas, pôs as mãos na cintura. Sim, caía-lhe bem a camisola branca, sorriu com gozo. Estava assim tão absorta em si que nem ouvira há pouco os passos na escada. Era a mãe que havia se lembrado de buscar lá em cima não sei que modelo de toalhinha para a Cris. Subira sem fazer barulho, como de hábito, e, no corredor em frente ao quarto da filha, estacou chocada. O vão, que há pouco deixara passar vozes alegres e o cheiro doce de café, permitia que o atravessasse agora o duro olhar de uma mulher. Ao lado do espelho, Liliane não tardou a perceber, à sombra, emoldurada no estreito retângulo da abertura da porta, a outra figura feminina. A mulher não demorou muito ali, cruzou os dedos sobre o peito e deixou a moldura que a encerrava, talvez rezasse, talvez xingasse, sabe-se lá as palavras que forçavam passagem pelos dentes decididamente cerrados. Liliane foi até a porta e a fechou com estrondo.

Ricardo era especial, disse Liliane para si depois da terceira semana. E a lua-de-mel em que viviam tinha uma promessa de eternidade. E assim o tempo foi passando, ela lhe dava às vezes algum mimo; ele, rosas e poemas, coisas tão lindas que facilmente a faziam sonhar. Sonhar com o presente, é claro, pois o futuro (e a realidade aqui abria e fechava cruéis parênteses), o futuro à esposa pertence. Será? Às vezes a moça duvidava e tinha mesmo gosto em se enganar: procurava não pensar na mulher, naquela mulher que chegara antes dela e que construíra já uma vida com Ricardo. Preferia que ele nunca falasse dela para que pudesse ter a ilusão de que o que não visse simplesmente não existisse. E o amor tudo podia, como pôde no começo, até aboliu o estado civil do seu namorado e sua dupla paternidade.

Se durante oito meses, o tempo da eternidade, Liliane pôde viver uma lua-de-mel viçosamente cheia, logo percebeu que esta começava a alternar-se com uma lua sovinamente minguante. Temia reviver com Ricardo as mesmas coisas que vivera com Augusto. Não, afastava horrorizada o temor desta possibilidade, Ricardo era muito melhor, e como era bom o tempo em que passavam juntos! Quando estava só é que as aflições teimavam em torturá-la. Descobriu que não podia buscar consolo em seu analista, este parecia se contentar apenas em assoprar o castelo de cartas que ela amorosamente erguia. Ainda nesta época, não conhecia Dora e confessar qualquer intimidade à mamãe ou à Cris, nem pensar...

Numa manhã, em que a falta de sol desmentia a primavera e que uma chuva monótona insistia em tornar toda a vida mais cinza e solitária, veio-lhe à memória os fragmentos do sonho que, como todos os sonhos, casava com harmonia o absurdo e o possível. Havia nele uma mulher de preto, imaginava-a de preto não sabia por que, saindo abraçada do cinema com Ricardo; havia nele um garoto numa sala alimentando peixes com comida de gato; havia nele um Ricardo sorrindo e falando essas coisas à mesa do café. Liliane compreendeu que os fragmentos não compunham um sonho, eram apenas as lembranças amanhecidas de um tempo remoto, e que vinham com o único propósito de fazê-la sofrer.

Outro par de meses se passou e com eles a alternância das boas e más luas. Chegou a época em que Liliane dedicou-se com afinco à escrita da dissertação. Os dois primeiros capítulos foram muito trabalhosos, mas o resultado lhe pareceu muito bom, quase impossível revelou-se o terceiro e o quarto. Depois da introdução e da detalhada apresentação da fortuna crítica, foi particularmente doloroso para a moça falar exclusivamente do ciúme. É que este, o ciúme, autor caprichoso, já se imprimira em algumas páginas na sua alma. *"Ah, Liliane, não é à toa que você escolheu esse tema"*, vinham-lhe as palavras de seu analista. Ah, as palavras... e procurava se esconder delas no refúgio do trabalho como quem se empapa de gasolina para fugir ao fogo.

Uma noite, já tarde, abandonou exausta um parágrafo pela metade e empurrou todo texto para o dia seguinte. Espreguiçou-se, ergueu os braços em v e massageou de leve as costas no espaldar da cadeira, por hoje chega! Depois levantou-se de golpe fazendo a cadeira correr para trás e recobrou, graças a um novo espreguiçar, uma reserva de energia. Percorreu depois a estante, olhou seus livros sem no entanto os ver. Havia um silêncio em toda casa e imaginou-se sozinha. Como seria bom ter um lugar só para si, longe da mamãe e da Cris! Como das outras vezes, arrumou uma desculpa que justificasse por que ainda não havia deixado a casa, não era possível, mas logo, logo... e ia assim se iludindo.

Tirou da gaveta da cômoda uma escova, não tencionava sair àquela hora, mas mesmo assim quis dar um jeito no cabelo. Notou com certo desgosto, naquele mesmo espelho da porta de seu guarda-roupa, que seu rosto havia mudado. Nenhuma ruga lhe aborreceu mais que umas vistosas e ingratas mechas de ciúme que lhe caiam sobre o rosto. Tantas coisas aconteceram ultimamente, e fitava com irritação as mechas, desencontros, pequenos incidentes, duas crises e um frustrado aniversário de namoro deles que teve o azar de concorrer com a festa antecipada de quinze anos do filho mais velho. E esta noite não teve outra sorte, era o aniversário da mulher de preto. As mechas eram mesmo grandes e feias. Ricardo devia ter levado a esposa para jantar, devia tê-la presenteado com rosas amarelas e por certo com um poema. Eram mesmo insuportáveis as mechas, impossível escondê-las, que dirá cortá-las.

Uma confidente logo chegaria, e sua ânsia foi uma espécie de presságio. O anjo da guarda a quem a moça confiava seus segredos cismou um dia de tomar forma, desceu das alturas onde voava e veio para seu lado, pousou-lhe a mão esquerda suavemente no ombro e beijou-lhe a testa. O anjo chamava-se Dora e tinha por profissão ensinar literatura. Liliane aceitou a proposta de trabalhar nas Faculdades Reunidas e foi ali que começou sua grande amizade com Dora, e foi assim que a moça encontrou alguém de carne com quem podia compartilhar tanto as alegrias do seu amor quanto as mechas do seu ciúme. Bem melhor era o abraço dessa nova velha amiga que qualquer brilhante teoria de seu analista.

– Eu sabia que um dia você viria trabalhar aqui, no mesmo lugar em que seu pai trabalhou – disse Dora feliz – Alguma coisa me dizia que um dia eu também seria sua amiga.

Liliane sorriu apertando carinhosamente a mão acolhedora. Tinha uma lembrança mais antiga da outra que o momento a fez recordar. Foi quando daquela noite em que papai a levou para conhecer onde trabalhava. Tinha dezessete anos, e algumas coisas de então lhe ficariam como uma bênção da memória: a alegria ao ser apresentada aos outros professores, o orgulho de papai quando dizia "esta é minha filha" e a imagem daquela simpática professora de literatura que viria a ser doze anos depois, imagine, sua melhor amiga. Dora corou com as evocações da moça e seus olhos negros brilhavam de saudade.

– Nossa, você então se lembra?... É verdade... puxa, mas faz tanto tempo! Estou mesmo ficando velha.

– Que nada... velha!... vê lá... se não amasse seu marido como ama...

Diante de um sorriso encabulado, Liliane tratou de mudar de assunto e, lógico, foi falar de Ricardo. Contava a Dora todas as suas aventuras e desventuras. Já lhe narrara com detalhes todos os precedentes, o episódio do teatro, os grandes e os pequenos incidentes e como todas aquelas coisas ajudavam e atrapalhavam a escrita de sua dissertação. Falara também de sua vida sem Ricardo, das brigas com mamãe, de seu caso com Augusto e das suas lembranças de papai.

Dora ouvia-lhe os segredos com apaixonada cumplicidade, ainda que, às vezes, revelava-se uma ouvinte nada comum. Impressionava-se fácil com algum detalhe irrelevante e pedia então à outra que falasse mais devagar, ou que repetisse mesmo uma ou duas vezes certa passagem; em outros momentos, nem disfarçava que nada ouvia metida que estava em seus próprios pensamentos. Nesses momentos notava-se em Dora uma transformação; então um silêncio repentino brotava não se sabia de onde e um olhar duro ou feliz para o nada sustentava o instante de ausência. Quando voltava a si, era um despertar abrupto de sonho ou pesadelo, dava com os olhos investigativos da amiga e, não sabendo o que fazer, sorria. Um sorriso encabulado que fazia Liliane suspeitar que Dora, tão feliz com Flávio, tão dedicada aos meninos, devia ter lá o segredo de um amor. Não pedia confissão alguma à amiga, ainda que ansiasse por uma.

Liliane ia vivendo seu céu e seu purgatório com Ricardo. Era comum que uma tarde com ele compensasse duas semanas de ausência. Outras vezes, porém, Liliane tinha a clara sensação de que a última maravilhosa noite de amor havia sido arrancada da folhinha do tempo, como papel inútil, e atirado ao cesto do esquecimento pelas três semanas posteriores em que Ricardo nem um telefonema lhe dava. Em certas ocasiões, sentia-se culpada.

– E então, não será errado amar esse homem, Dora?

– Pecado é não viver – sentenciava a amiga!

Numa dessas vezes, quando Dora tinha os olhos postos no infinito, Liliane não conteve a ousadia arriscou perguntar:

– Não haveria por acaso algum Ricardo na sua vida?

A outra teve um leve tremor seguido de silêncio, ao final do qual, disse:

– Há um Ricardo eterno no meu coração, mas desculpe, hoje não posso. Um dia, prometo, lhe conto tudo.

Nunca contava. O dia da revelação, porém, haveria de chegar. Sempre a amiga lhe ofertara o coração com todas as janelas abertas, mas Dora se afligia ainda com qualquer fresta mínima de cortinas mal cerradas do seu. Não esquecia, e nem podia esquecer, da promessa que fizera a si mesma, e à memória de seu amor, que um dia haveria de contar à menina o que ela, de fato, merecia saber. Elas já eram tão parecidas, e Dora espantava-se e, em sobressalto de pensamento, sentia emoção de chorar, pois sabia que o momento era em breve.

O quarto capítulo tratava da transformação do ciúme em amargura e perversidade. Jurou Liliane muitas e muitas vezes jamais permitir que seu ciúme chegasse a essa quinta-essência da tristeza, mas a melhor imagem desse quarto capítulo anunciou-se, à maneira de estórias antigas, num sonho. Um aquário ocupava o centro de um palco cujas extremidades não se podiam divisar, a mão de um criança alimentava os peixes com comida de gato, mas a ração indevida envenenava a água turvando-a assim que a tocava. Os peixes, coisas de sonho, eram a mulher de preto e seus dois meninos, a mão da criança que os alimentava com veneno ganhou então unhas vermelhas e um anel que Liliane reconheceu como um presente de papai, o veneno escorria espesso de sua mão e a moça despertou ofegante para a escuridão de seu quarto.

Se o amor a levava assim à perversidade, então era preciso abandoná-lo, mas... não podia. Acordara muitas vezes com esta decisão, mas esquecia-se dela logo com as primeiras solicitações do dia, postergava a decisão para quando... e inventava um quando atrás do outro. Foi assim que chegou à época da defesa da dissertação, a nota dez, aquele flutuar na felicidade e veio o convite para discurso de reinauguração do anfiteatro.

Liliane dirigiu-se ao palco quando ouviu seu nome. Pareceu-lhe atravessar uma maquete, toda a vertigem do dia anterior, toda a noite em claro, parecia agora não perturbá-la. Olhou para a platéia, lá estava mamãe esperando quieta, lá estava Dora que parecia ainda querer esticar a mão para apanhá-la. As luzes e todos os olhos postos nela e ela numa anestésica calma, nada que lembrasse a agitação com que acordara no dia anterior.

Acordara cedo com a lembrança de que ainda não tinha elaborado o discurso para o dia seguinte; o motivo que a perturbava era outro. Uma conhecida veio lhe contar umas coisas que de cara Liliane classificou como puro veneno fruto decerto do despeito. A primeira reação foi esquecer o que ouvira, era ridículo, absurdo, e tinha mais com que se preocupar. Outra mulher na estória?! Coisa de quem não tem o que fazer, e sentou-se e rabiscou alguns apontamentos para o discurso. As palavras da colega, que pareciam desde logo descartadas, ressurgiram e Liliane começou a admitir que as coisas ditas poderiam ser possíveis. Bastou isso para que não conseguisse se concentrar mais no discurso. As últimas ausências do namorado pareciam contribuir para tornar mais verdadeiro o que dissera a colega. Seria possível? Lembrou-se de que Ricardo estava um tanto estranho da última vez em que se viram, haviam discutido, mas ao final estavam reconciliados, e pronto. Ou não? Já não conseguia a moça lançar nenhuma nota ao discurso que faria. Ao final de lista de anotações havia um escrito que a fez recuar; lia-se: *Outra mulher*. Os traços eram fortes, a letra era sua, mas não se lembrava de haver escrito aquilo. Irritou-se ainda mais ao reler, *outra mulher*, amassou o papel e o jogou com raiva na cesta.

Pensou em ligar para Dora, mas abandonou em seguida a idéia. Não falara com ela esses últimos dias; começara a incomodá-la o fato da outra não falar de suas coisas. Que Diabo, não eram então amigas! Decidiu não ligar. Liliane passou a manhã de mal com o mundo e incluía-se a si mesma nesse mundo. Mas à tarde, ainda que estivesse irritada, estava menos irritada que triste e tinha que falar com Dora. Foi vê-la.

Ao se beijarem na entrada do apartamento, Dora percebeu que algo não estava bem. Felizmente estavam sós e poderiam conversar à vontade. Liliane contou-lhe suas últimas aflições; suas mãos tremiam.

– Calma, menina! Você nem sabe...

– Quer que eu me conforme com tudo? – e afastou rispidamente a mão da amiga.

– Quando começou esse relacionamento...

Você se conformaria? Vamos... me diga, você se conformaria?

Dora sentiu que se aproximava o momento, e Liliane continuou:

– Olha minha amiga, você só diz as coisas através de mim. Assim não vale.

Dora fez um silêncio, entendeu que a moça, ainda que não soubesse, viera desta vez menos para contar que para exigir que a amiga falasse algo de si.

– Você está muito magoada...

– Sim, estou magoada, estou mesmo... você tem condições de entender de verdade o que estou dizendo?... você já passou por algo assim?

Dora sentiu-se perturbada e quando conseguiu falar, disse:

– Nunca te contei nada do meu coração, e você tem razão em me falar essas coisas... Eu, Liliane, eu também tenho a minha estória e chegou a hora.

Liliane esticou sua mão, quase arrependida, e segurou a da amiga. Dora sentiu um arrepio, se pudesse voltaria atrás, mas se voltasse nunca mais teria outra oportunidade e outra coragem.

– Eu tive, Liliane... – parou, como se tivesse começado errado a narrativa – É a primeira vez que eu penso nele no passado; também nunca contei essa estória e já me falta o jeito de falar nele. Começo de novo, assim: eu tenho, Liliane, eu tenho um grande amor. Sei que pareço feliz com Flávio e não tenho motivo aparente para não ser. Ele é um bom marido e bom pai. E houve tempo que pedi a Deus que ele não fosse. Tanto tempo de casada e de paz familiar quando conheci um homem. Engraçado, ele era professor e foi também num curso que a gente se conheceu. Também era casado e com filhos; de colegas passamos a amigos e Deus lá sabe como chegamos... ao amor.

– Faz tempo?

Dora sentiu-se embaraçada. Dava a impressão de que não falava para uma ouvinte em particular, mas para alguém imaginariamente concebido. Então aquela pergunta: "faz tempo?" Dora teve medo de se atrapalhar com o tempo. Devia tomar cuidado.

– Não, minha querida, menos de dois anos. Foi agora, entende, mas tive que manter segredo e logo você entenderá por quê. Ele tinha tantos princípios, era tão religioso, um homem incorruptível, e subitamente o amor surgiu para corroer parte de suas crenças. Era um homem de família, um defensor ferrenho dela dentro e fora de casa; na igreja, tinha a responsabilidade de elaborar cursos de orientação familiar. Era uma criatura intransigente; formado nas leis, virou delegado por profissão e por gosto.

– Acho que sei o que é um homem assim – disse a moça, lembrando-se do pai.

– É verdade – observou Dora como se tivesse lido seu pensamento e completou – Acho que você é a única pessoa no mundo que pode me entender. Mas me deixa continuar que só falei metade, ou quase nem isso, da pessoa que amei. Não sei que autor disse certa vez algo assim: "o homem que os outros vêem espera o instante que irá revelar o homem que de fato é". O instante esperado no caso, nem é preciso que se diga, era o instante do amor.

Quando nos conhecemos, eu o chamava por brincadeira de seu delegado. Disse uma vez, quando saímos com uma turma de professores, ele já tinha tomado o seu terceiro chope, que só havia uma coisa no mundo que gostaria de manter em prisão perpétua. Perguntei-lhe o que era, apenas sorriu como resposta. Até que tivéssemos a coragem de nos revelar foi um flertar de adolescente tão bonito e apaixonado; acredita que ainda guardo o pedacinho de papel em que ele escreveu, distraidamente, para mim os dias da disciplina que tínhamos que fazer no semestre seguinte. Os beijos que trocamos em dois anos não passaram de uma dezena. Foi tão difícil para ele se descobrir amando. E também para mim; não é com tranqüilidade que olho para as crianças, e por mais que me diga que sou uma boa mãe e que nem um carinho em casa falta, algo dentro de mim não me consola. Imagino então o sofrimento dele, com toda sua formação e o amor se infiltrando nos alicerces.

Mas os momentos; ah meu Deus, quantos momentos! Uma vez ele não pôde ir a um jantar de fim de semestre da Faculdade; mas quando voltava para casa, adivinhe quem me aparece numa viatura com luzes piscando.

Fez sinal para eu encostar. Veio disfarçando o sorriso e me pediu os documentos. Disse então que uma moça bonita como eu não podia andar àquela hora sem proteção e que iria acompanhar com a viatura até próximo da minha casa. Mas antes era inevitável a multa. Multa? A senhora andou bebendo, disse e cobrou a infração com um beijo. Foi a primeira vez que nos beijamos. Você acredita que nós nunca fomos a um motel. Uma vez ele chegou a me convidar e eu tive medo. Esperava que ele insistisse, queria que ele insistisse, mas acho que pensou que havia me ofendido. Devia ter ido, eu é que devia ter insistido, não é? Isso aliviaria sua culpa. Mas agora já é tarde.

– Tarde? Tarde por quê?

Dora sentiu-se perdida. Não podia se perder agora. Olhou para o relógio sobre a mesa que também marcava a data.

– Que dia é hoje? – E começou a fazer as contas nos dedos – Ah, sim. Faz um mês. Faz um mês, Liliane, que ele está no hospital.

– Dora, você não me disse nada. Não sou então sua amiga...

– Mas claro que é. Você é uma das coisas mais preciosas da minha vida. Prometi a ele que um dia contaria tudo unicamente para você. Espere um pouco, já vai entender. Quando digo que faz um mês que ele está no hospital significa que daqui a um ou dois dias a esposa dele descobrirá tudo. Descobrirá todas as poesias que fiz para ele, a fita gravada com nossas músicas, os cartões de aniversário, todos apaixonados e amorosamente assinados com "D". Daqui a pouco tudo se descobrirá.

– Não entendo, como daqui a pouco se descobrirá? Ele vai morrer? O que é tudo isso?

E Dora continuou como se não tivesse ouvido Liliane:

– Sabe o que ele me disse há dois meses. Estava tão abatido e eu perguntei o que seria de nós. Ele falou como alguém que quer chorar, mas que aprendeu a vida toda a controlar o coração: o que é que eu tenho a dizer, Dora? Não posso me separar de minha mulher, não posso deixar meus filhos. E nós, Dora? Não sei, vamos tocando o barco, vivendo como é possível e como Deus quer; viverei assim até o dia em que, sei lá, o coração me leve e pronto.

Neste instante, Dora teve de parar, pôs a mão no peito, deteve não sei que aflição. Haveria ensaiado contar essa estória muitas vezes para ter força assim de dominar o pranto que ameaçava explodir arrasando com a narrativa antes do fim? Era possível que sim, porque nem longo foi o momento interrompido e ela já deu mostras de continuar; mas Liliane perguntou antes.

– Eu ainda não entendo muito, Dora. Quem é esse homem? Como você sabe que ele vai morrer?

Dora então se levantou foi até seu quarto e veio de lá com um envelope, e sentou-se novamente.

– Você me pergunta como sei que ele vai morrer. É porque hoje já é passado e eu apenas revivi com você o meu amor no dia da sua morte, ele morreu um mês depois de ter dado entrada no hospital há doze anos atrás. Contei nossa estória no presente para que você pudesse ouvi-la até o final. Por isso eu sei que ele já morreu, por isso eu sei que mulher dele já descobriu tudo, já me humilhou e me entregou isto duas semanas depois de sua morte, isto que agora devolvo à verdadeira dona.

E empurrou a Liliane o envelope que havia trazido do quarto. A moça o abriu e dentro encontrou um pingente de ouro numa corrente e a fotografia de um homem sentado no banco de uma praça ao lado de um girassol.

– Comprei esse pingente no dia do aniversário de sua filha, da filha que ele mais amava, era uma maneira de eu estar junto dela.

Liliane olhava para o homem da fotografia que sorria feliz ao lado de um girassol. Parecia um conhecido, tinha algo de muito familiar, o rosto bonito, mas era um estranho, como um daqueles anônimos que a moça pendurou há tempos na parede do quarto. E aquele pingente, então, que esperou por ela no tempo ausente de um envelope guardado em uma gaveta e agora vinha rebrilhar à luz com uma estória. Olhou para Dora. Quem era aquela mulher de olhos vermelhos? Um rosto terno, mas tão desconhecido. Lembrou-se da mãe, pensou nela abrindo cartas, vendo poesias de amor de uma outra mulher. Lembrou-se da mãe queimando umas coisas dias após ao enterro do pai. Liliane na época sentiu raiva; agora pensa nessa mulher protegendo os filhos de um segredo, abraçando a bíblia e cantando vivas ao Senhor. Olhou de novo para o pingente, para a fotografia, para Dora e não teve fala, tudo era grandioso demais para ser assimilado de uma vez. Só cabia ali o silêncio. Liliane pôde apenas guardar suas coisas e sair. Dora queria detê-la e estendeu a mão, mas a moça foi-se embora sem ver nada.

Foi uma noite, não, bobagem querer medir a vertigem com o relógio. Fechou-se no quarto e sentiu-se uma intrusa. Ela era o rei Cláudio vendo e vivendo a peça de Hamlet e o passado era uma massinha que o presente perverso tratava de remodelar. Havia um abismo entre papai e seu pai. Quem fora mamãe? Quem fora papai? Quem fora sua amiga? Quem era ela? Ela... Odiou a mãe por nunca tê-la contado nada, mas depois sentiu-se ridícula, por que a mamãe deveria contar-lhe alguma coisa a ela que não era mais do que filha? Odiou Dora então por tê-la contado, mas teve medo de olhar-se no espelho e ver o rosto de Dora. Não podia odiar ninguém; todos os rostos se confundiam. Papai era Ricardo, Liliane era mamãe e depois Dora, e a moça perdia os fios que a amarravam a vida, tudo estava frouxo, até sua dissertação parecia falsa, ou não, só então o que escrevera passava a ter o peso formidável que lhe cabia, *a ciência do ciúme e da perversidade*. Mas os fios, os fios que a ligavam à vida? Liliane correu o perigo de morrer. Entregou-se na insônia dessa noite a pensar, a chorar, a corrigir o imponderável rumo do passado. Entregou-se com tal aceitação que se salvou. Quando a madrugada beijou o dia, Liliane estava meio morta, mas não odiava mais mamãe e sentia-se agora, de fato, livre para deixar a casa materna. Sabia que não poderia mais ter Dora como amiga, eram iguais demais para se conviverem; e Papai morrera para ressuscitar mais humano.

Na noite seguinte, aplaudiram Liliane quando foi chamada ao microfone. E ela era quase uma ausente desempenhando um papel. Então Liliane que não havia preparado nenhum discurso, falou, destacou o grande valor do trabalho acadêmico da instituição, e sabia o quanto estava sendo hipócrita; ao falar do pai, o centro de toda sua fala, procurou ressaltar mais seu caráter de bom pai e chefe de família do que o de bom professor. Essa era a fala que devia à mãe, e a mãe chorou muito ao ouvi-la, mas não pela razão evidente, antes por acreditar que aquela atitude de elogiar o homem e não o mestre era mais uma ironia da filha, uma maldade que só ela, a mãe, podia perceber. Na outra extremidade, Dora também chorava. Em algum instante, Liliane teve vontade de consolá-la.

Depois deixou a cerimônia, a festa e tudo o mais cedo que pôde. Foi-se encontrar com Ricardo. Queria vê-lo, não havia ansiedade nesse desejo, queria apenas vê-lo. Notou que Ricardo também havia mudado, compreendeu que, apesar disso, o amava. O amor era o fio com que poderia recompor o tecido que se rompera. Na cama, ao lado do corpo daquele homem, Liliane sorriu pela primeira vez nessas últimas horas. Imaginou até ouvir sua voz sussurrando, melodiosamente, aquele último verso do poema que lhe fizera: *"a luz do seu amor só no meu amor se verá"*.

O Outro

Dali podia-se ver quase tudo e não havia lugar melhor no mundo para se empinar uma pipa. Era a laje da casa do Nelsinho que se estendia, ensolarada e generosa, para mais da metade da construção. Uma mureta e três pequenos precipícios marcavam as fronteiras desse breve paraíso. Nesta tarde, no entanto, mesmo com a sedução de vento constante, os meninos não cuidavam das aventuras e dos perigos do céu. Tinham deixado bem ali, à sombra, as pipas com as latas de linha em cima para que descuidadas não fugissem, e se puseram, quentando barriga na mureta, a apreciar, por cima da cumeeira e do telhado que descia, a rua lá embaixo. Melhor dizendo, esses meninos não eram tão bobos a ponto de trocarem o céu pela rua, viam algo melhor; e o céu da tarde valia menos que janela aberta da casa de dona Rosíris.

Rodrigo estava inquieto, o mais inquieto, e não era o temor do pecado que queria zeloso fechar seus olhos; o motivo era bem outro, sua inquietação era apenas o resquício de uma briga: dentro dele, desde a manhã, a vontade e a obrigação andaram trocando socos. Sem que pudesse prever o desfecho, os preparativos da luta começaram na véspera quando mostrou o boletim aos pais. Por causa de um D de matemática teve de agüentar os gritos da mãe e o terrível silêncio do pai. Como é que explicava outro D de matemática, hem?... Não explicava, não podia; de cabeça baixa, só pôde, quando lhe permitiram falar, renovar uma velha promessa de mudança, ao que dona Denise respondeu com um gesto de descrédito igualmente velho. Rodrigo, para mostrar que não era de brincadeira, prometeu a si mesmo que passaria toda a tarde do dia seguinte estudando. Jurou; só não o fez em voz alta porque mãe não gostava dessas coisas. Mas iriam ver só! Esperassem! Aprenderia as benditas inequações nem que tivesse que passar todos os dias do ano estudando. Dessa forma, decidido, Rodrigo procurou dar adeus às alegrias da tarde. Ainda que fosse tão triste despedir-se de tão boas amigas, um dever maior exigia que ele as trocasse pelos infinitos exercícios de inequações: maior, maior ou igual, menor, menor ou igual...

Já estava Rodrigo de alma pronta para o sacrifício, quando Marco apareceu para tentá-lo. E não veio com pouca coisa, veio com um espanto, um esplendor. Marco tinha visto, e visto mesmo, uma coisa boa demais, uma maravilha, tinha visto, imagine, dona Rosíris nua, todinha nua.

– Nuazinha?...

Isso mesmo, e o corpo de dona Rosíris foi quem trouxe a alma do menino de volta. Bastou imaginar o corpinho branco daquela mulher para que a paz de Rodrigo sumisse na carreira. Corpinho é até modo de dizer porque o menino já a imaginou enorme, peitos que nem se podiam saber direito de tão bons, pernas por entre as quais com gosto se perderia, pêlos secretos e boca secreta eram como imã, e ela sorrindo e convidando, convidando com os olhos como as mulheres dos *out-doors*. Já pensou, toda a dona Rosíris, nua!...

– Meu tio Gusto é que louco por ela.

E que outros vizinhos não seriam? Pelo menos alguns eram impotentes para esconder que eram. Outros, mais tímidos, arriscavam de longe a prová-la com os olhos um pouquinho que fosse no dobrar da esquina ou no vão da porta. Virava a cabeça de alguns quando vinha e passava, porque tinha um jeito de passar assim tão leve, com tanto gosto no andar, naquele seu uniforme branco que parecia ter sido feito, desenhado ao corpo, menos para cobrir que para puxar os olhos da gente. O fato de dona Rosíris viver só naquela pequena casa da esquina de alguma forma incomodava algumas mulheres, de alguma forma excitava ainda mais a imaginação de alguns homens. E assim, dia sim dia não, eles tinham a graça de vê-la voltando do hospital, mão direita balançando a rimar com os passos, a outra segurando a bolsa. Que ocultos e fabulosos milagres deviam fazer aquelas mãos pequeninas e solitárias quando em casa estivessem isentas da obrigação do alívio de tantos males. A mãe do Nelsinho não descuidava de vigiar o marido, outras faziam o mesmo com os seus. Algumas viviam caçando defeitos ou tratando de inventar algum. Coisa inútil, que só enriquecia a teoria de Raul, marqueteiro, que dizia que certos defeitos eram a propaganda que melhor divulgava o produto.

Acendeu em Rodrigo a vontade de estar com os amigos na laje, e a chama se tornou facilmente uma fogueira. Marco tinha toda razão, não podia deixar de ir, não podia deixar de ver uma mulher nua, e uma assim, tão gostosa!... E não era em vídeo ou nas revistas do tio Gusto, era ao vivo. E não era uma mulher qualquer, era dona Rosíris. Ainda bem que Rodrigo não jurou nada aos pais e só ficou em dívida consigo mesmo! As inequações podiam esperar para outro dia. Isso mesmo! O que eram as inequações afinal, tão necessárias para se passar de ano, é verdade, mas tão sem sabor, sem graça, sem calor! Nada, enfim, se comparadas ao que prometia ser o corpo de dona Rosíris.

Nelsinho e Marco já olhavam há algum tempo, Rodrigo também e já ia então quase esquecido de qualquer obrigação escolar. Só de quando em quando vinha-lhe a imagem da mãe, mas ia logo embora, pois lugar de mãe não era trepada em laje com meninos, muito menos esperando para ver mulher nua. Dona Rosíris, esta sim é que fazia o ingrato favor de não aparecer logo.

– Será que ela vem mesmo?

– Claro que vem! Já abriu as janelas, não abriu? Daqui a pouco são as cortinas e depois... Vocês vão ver. Foi assim mesmo que ela fez anteontem.

– Como foi mesmo, Marco? Conta.

Então Marco repetiu outra vez o que vira e mais um pouco. Não que aumentasse de propósito ou mentisse, o assombro da visão é que dava a ele outros olhos e ao tempo da contemplação, outro relógio. Dois dias antes, dona Rosíris estava ali, onde a queriam agora, abrindo o cortinado. Avistou o pequeno jardim e descansou os olhos numa flor; podia estar assim à vontade, à frente o muro alto cegava os olhos da rua. Não contava dona Rosíris, no entanto, com o menino em cima do telhado. Lá estava distraído, empinando seu quadrado, atento apenas ao céu; mas o acaso ou algum anjo maroto tocou-lhe o ombro e fez com que se virasse e olhasse para baixo. Foi aí que Marco deu com ela, com a visão mágica: a mulher, nesse momento, abria o cortinado como se abrisse o roupão que não vestia. Depois, com a mesma simplicidade e a mesma lentidão de movimentos, colocou as mãos no parapeito. Marco fixou os olhos como se descresse e sentiu uma espécie de vertigem, uma vertigem que a altura da laje nunca lhe dera. Seus gestos tornaram-se desconexos; se enrolava a linha, enrolava mal, sem ver, sem cuidado. Marco era todo de dona Rosíris. Nem se lembrava que um segundo antes uma pipa vermelha mergulhava em desafio. Nem se empenhava no combate, nem na fuga. Indiferentes aos olhos de cima, pois só tinha gosto dos olhos do homem que estava na sala, dona Rosíris, em gesto sempre lento, ou que assim pareceu a Marco, virou-se. As costas muito brancas desciam até um comecinho de bunda. Então a mulher caminhou um pouco para frente como se atendesse a um telepático pedido do menino, cujas mãos agora apertavam e umedeciam a lata de linha esquecidas já de todo do trabalho de enrolar. Marco estava atento apenas àquela que no momento levantava os dois braços até a cabeça e pareceu dançar. Foi então que o menino sentiu algo estranho; além do calor e de um tremor particular, a linha em suas mãos, a linha tornou-se tensa, subitamente mais tesa, puxando, e puxando mais a lata como se quisesse arrancá-la de suas mãos. O que era aquilo? Momento longo e curto, vertiginoso de pressa e presa; em seguida, a frouxidão. Virou-se. Foi aí que percebeu a outra situação, que a pipa vermelha, aquela que antes lhe provocava, havia cortado sua linha, vencedora no combate, já levava arrastando pelo céu seu quadrado, lá ia ele como um soldado agonizado pendurado no fio do inimigo. Mas isto perdido, perdido estava, danese! Virou-se logo e de novo para a janela, para dona Rosíris que com o que menos tivesse mais desejada seria. A mulher, no entanto, já estava saindo do quadro da janela. Marco ansiou que voltasse, esperou, mas a mulher tardou e não voltou. Teve então que se sentar; as costas apoiadas na mureta, suava no friozinho da tarde e o coração era um tambor de negro repicando num ritmo até então desconhecido. Nessa noite pensou muito em dona Rosíris, a mulher entrava e saia do quadro da janela antes de penetrar matreira os quadros de seu sonho. Marco fechou com força mais uma vez os olhos para retê-la no escuro antes de dormir. O que fez depois não interessava aos amigos...

Os outros gostavam que Marco recontasse porque aí sempre um novo ponto se revelava, um gesto a mais, uns outros mais ousados. Talvez por querer tanto não esquecê-los, Marco não conseguia, por exemplo, lembrar-se exatamente como eram os peitos de dona Rosíris e, assim, não podia descrevê-los nunca da mesma maneira como havia feito antes. Fato que não desagradava os outros, todos tinham assim não dois, mas muitos e muitos peitos para se fartarem.

Sabiam os meninos que se o homem da sala voltasse, seria possível que o espetáculo da antevéspera, o grande e maravilhoso espetáculo, tivesse sua reprise. E assim, a despeito do que passaram a pensar dele, influenciados por inexplicáveis afirmações e pelo que conseguiam decifrar das conversas impróprias, puseram-se a torcer por ele. Começaram a querer e a querer que aquele homem, que havia sido pintado com as piores cores, não deixasse de maneira alguma de vir. O desejo dos meninos foi fazendo dele um príncipe, um príncipe de estória fabulosa, desses desfazedores de feitiços, que não devia nunca fugir ao dever e ao destino e permitir que sua princesa permanecesse por mais tempo adormecida para além de suas brancas cortinas. Durante os silêncios, raros silêncios que faziam, os meninos cismaram coisas, certos e confusos. Nelsinho pensou na mãe, que primeiro chorou pelo homem e dias depois o odiou de todo coração; Marco relembrou pedaços de conversas, rostos e olhos; na cabeça de Rodrigo repetiu-se algumas vezes a frase da mãe quando disse, sem esconder o rancor, que a falecida não merecia aquilo. Nada, no entanto, devia ser capaz de desviar do destino o príncipe esperado.

Mas quem era este homem, afinal, capaz de provocar em curto espaço de tempo sentimentos tão desencontrados? Chama-se Renato e é dono de uma casa fotográfica de Vila Galvão, um homem que sorri por hábito de profissão e por amizade, é atencioso com a freguesia e cumpridor exemplar de datas e serviços. Neste mesmo momento em que os meninos o esperam, lá está em sua loja tentando colocar em dia as coisa atrasadas. Com a recente morte da esposa, era natural que a rotina da loja sofresse alguma perturbação. Incompreensível pareceu-lhe a atitude da freguesa que ali estava com ele. Denise tinha agora outro desgosto além das notas baixas do filho, traz o rosto fechado e uma certa fúria afundada entre as sobrancelhas. A razão explícita de estar contrariada era porque nem o dono da casa nem seu empregado achavam as reproduções encomendadas. Renato vasculhou todas as gavetas com o pedido na mão, conferiu numerações, comparou datas, não estava aqui, nem ali, nem lá também, a encomenda não se encontrava em lugar nenhum. Concluiu que as reproduções deveriam estar ainda no laboratório e desculpou-se chateado. Aquilo em outra situação, por certo, não aconteceria, mas com a mort...

– Quando então, senhor Renato? – interrompeu a mulher batendo os dedos no balcão e digitando ali sua impaciência.

O homem não esperava por aquela reação da freguesa, exatamente porque não se tratava de uma freguesa qualquer, mas de Denise, sua estimada vizinha que o ajudou com a morte da esposa. Por que o olhava assim? Por que o chamava tão firmemente de senhor e o obrigava dessa maneira a que ele a chamasse de dona? Não se conheciam então há tanto tempo? Não choraram juntos a morte de Isabel? Olhou para a mulher e a mulher punha nele uns olhos que ele nunca vira. Quando saiu, Renato pegou a caneta e rabiscou no papel do balcão: o outro é sempre impenetrável. A frase foi depois aparecer nos seus escritos, espécie de diário que ultimamente dera-lhe a idéia de fazer, o comentário que a antecedia eram o seguinte: "não deixa de ser um paradoxo, mas era isto mesmo que os olhos de Denise diziam diante do meu espanto: o outro é sempre impenetrável".

Renato vai ainda demorar em sua loja para desconsolo dos meninos. Mas para que a estória deles se encerre é preciso que outra estória aqui compareça. Este leve tremor é apenas a estória de Renato forçando a entrada. Haverá momentos em que será a dos meninos que terá que cobrar seus diretos...

Depois do enterro de Isabel, Renato estava cansado, muito cansado e não quis pensar nada; quando pôde, deitou-se e desfez-se num sono sem sonhos como desejava, mas no outro dia acordou cedo... Sim, acordou cedo e logo a casa estendeu sua solidão diante dele. Foi abrir as janelas e as cortinas como gostava de fazer Isabel. Quando mais tarde fechou o postigo do fim do corredor, sentiu um calafrio, era a sensação de estar substituindo o trabalho que Isabel realizou por dezessete anos. A corrente de ar que por ali entrava depois de certa hora era um veneno para saúde, tentou assim se justificar e percebeu mais uma vez perplexo que o fazia utilizando as palavras de Isabel. Quis iludir-se e acreditar que estava apenas seguindo um conselho amigo daquela que a seu modo foi sua grande amiga, e fechou com força o ferrolho e a consciência.

Caminhou pela casa e reviu objetos que já lhe eram esquecidos pelo uso de os ver; pensou coisas... Tinha o dia de luto só para si, tinha o tempo. "Um dia vou estar tão dentro de você..." – como ela dizia essas coisas! Aquele último pedido veio então de novo lhe sondar; não foram de fato suas últimas palavras, mas nada do que Isabel disse depois ele se lembra. Aquele pedido se traduziu em palavras muito simples e elas encontraram vazio de montanhas para ecoarem dentro de Renato, ecoaram... e ecoaram quando da morte da mulher, e também depois, quando a levou ao cemitério, e depois, quando voltou para aqui e também agora. Ah, como Renato gostaria de ter o poder da onisciência um dia que fosse para compreender Isabel! Ah, aquele último pedido, tão estranho! Mas ela era assim mesmo, dizia coisas quando menos se esperava. Como daquela vez, interrompendo com um jeito infantil, ele contemplava a ampliação de uma pétala, queixou-se ou o consolou: *Um dia eu vou estar tão dentro de você que então você vai poder se desfazer de mim.* Isabel era também forte, orgulhosa, nos últimos tempos, ela não teve de si a menor compaixão. Sofreu? Deve ter sofrido muito, felizmente por poucos dias, mas não pediu nenhum comprimido a mais por causa da dor.

A caixa de fotografias na última gaveta da cômoda. Reviu-as com o carinho que se revê aquilo que se perdeu. Isabel o havia proibido de tirar fotografia sua nesses últimos meses, não queria ela guardar para os olhos do futuro nenhuma imagem de sua doença. Ao espalhar aquele mundo Isabel pelo chão, Renato percebeu uma coisa surpreendente, não havia nenhuma foto da mulher que passasse da maioridade dos seus trinta e cinco anos. Teria as escondido em outro canto? Isabel sabia esconder bem as coisas; ou teria as queimado numa tentativa de apagar-se a si da linha mestra do tempo? Não sabia, sabia apenas que ele, caçador de imagens, como disse certa vez David, queria apenas ressuscitar Isabel no seu luto, uma Isabel mais recente do que essas que se espalham em torno dele. Inútil. Onde foi que se escondeu? Se a quisesse agora teria que buscá-la não em cartões arrumados em grande caixa e fechado em gaveta última de cômoda, mas dentro de si e se acostumar com a idéia de que essas imagens dela desaparecerão para sempre também quando ele se for.

Isabel tinha seus caprichos, sua foto mais recente não está aqui, ela a colocou em caixilho acima da cristaleira. Está ali o retrato ao lado do espelho, a tal altura e arrumado em tal ângulo que é impossível para quem quiser se ver não ter à vista também Isabel; uma Isabel na beleza e na saúde dos seus trinta e poucos anos. Um solitário sobre a cristaleira forma com o espelho e o retrato um terceiro vértice; de quando em quando, Isabel almava o solitário com uma renovada flor. Talvez esses três elementos estivessem ali para zombar de toda a gente, talvez fossem apenas o instrumento inventado com que ela sentia melhor a passagem do tempo, o retrato, o espelho e a flor, um instrumento sem ponteiros como um relógio de areia.

Se aquele último pedido foi o epílogo de um caso, a introdução foi não menos estranha. Ah, aquela primeira conversa! Que coisa ela não estava querendo que não tivesse conseqüência grave para ela mesma? Só se soubesse que já estava doente e queria... não, não é possível... Chegou e disse:

— Você também gosta de dona Rosíris como os outros homens?

Renato não soube o que pensou. Muitas vezes depois dessa conversa procurou inutilmente escavar a memória para ver se já tinha notado antes o quanto Rosíris era provocante. Talvez Isabel tivesse flagrado algum olhar indiscreto seu e estava ali lhe sondando para ver se havia alguma coisa além do apenas olhar. Nunca pôde saber; às vezes tendia a acreditar nisso, que foi só depois do que disse Isabel que começou a ver Rosíris.

— Deixe de ser boba, nunca reparei nessa mulher — respondeu procurando mostrar indiferença.

— Pois repare, completou, que ela é muito bonita — disse isso e sorriu, mas sorriu do mesmo modo que fazia quando Renato não entendia a piada que ela contava. Depois retirou sua mão que estava debaixo da dele, deixou-o com seu álbum e sua perplexidade e foi lavar não sei que louça.

O marido deu volta ao pensamento para não chegar a lugar nenhum. Será que Isabel se queria como catalisador da química amorosa procurando fazer o desejo se revelar nele, qual solução de nitrato de prata a fazer surgir em papel lavado de branco a imagem que não havia, mas que ele, o papel, possui sem saber? Queria o homem ter o poder da onisciência. Quando outra vez voltavam de carro para casa e pararam no farol, Isabel apontou com a cabeça Rosíris que ia pela calçada.

— Que foi? — perguntou Renato.

– Nada – disse Isabel e, como continuando o que antes falavam, perguntou se a nova máquina que havia comprado era mesmo melhor que a antiga...

Depois de um certo silêncio, o ajudante, querendo se livrar de todo aquele trabalho, perguntou:

– Ainda não pretende sair, seu Renato? – Tavinho esboçou um sorriso malicioso que, para sua sorte, o patrão não percebeu.

– Temos muito o que pôr em ordem, não quero ver outra cena como a de agora com dona Denise.

"O bem-bom vai ter atraso...", pensou o ajudante.

Os que não sorririam nem um pouco se ouvissem isso eram os meninos da laje. Dona Rosíris já tinha vindo até à janela, mas só para ver se alguém havia chegado ao portão; colocou a cabeça para fora e esticou-se toda para olhar a entrada lateral. Nesse instante os meninos se entusiasmaram, mas o instante foi breve e ela estava infelizmente vestida.

Rodrigo começou a suspeitar que teria sido melhor ter ficado em casa. Tinha azar mesmo; e as inequações estavam lá esperando por ele. Era mais virgem que o Marco e o Nelsinho juntos, não confessaria isso a eles, mas era. O Marco, além do que já tinha visto há dois dias, teve uns bons momentos com uma tal enfermeira quando ficou internado. Ela vinha à noite tirar sua febre e aproveitava para enfiar a mão por baixo do lençol e mexer no corpo do menino. Marco, logo na primeira vez, reclamou perguntando se só ela é que podia, é?... Então a enfermeira abriu o botão do avental e pegou a mão dele e fez com que alisasse também o seu corpo. Ah, mas nada disso era muito verdade! Marco teve, isso sim, medo e febre àquela noite; quando veio a enfermeira sonolenta, trazia a moça, desapercebida, um botão do avental fora da casa. Seguiu seu ritual de costume, colocou a mão na testa do menino e depois o termômetro embaixo do braço. Tinha febre; deu-lhe remédio e isso foi tudo. Mas uma presença feminina naquele ambiente frio de hospital era reconfortante; Marco sentia falta da mãe e da irmã com quem brigava tanto. Num dado momento, tocou a mão da enfermeira como distraído e sentiu-se levemente recompensado, a abertura do vestido deixou que visse uma constelação de maravilhosas sardas e então a febre fez todo o resto. Não queria que ela se fosse mas tinha vergonha de pedir que ficasse. Pediu-lhe então um pouco mais de água, e foi o que pôde fazer para retê-la um instantinho mais.

O Nelsinho teve também o seu momento com uma prima, e a estória com a Cidinha foi mais verdadeira do que a de Marco com a enfermeira. Rodrigo, por infelicidade, nem quebrou o pé nem passou temporada na casa de tios. Faltou-lhe a oportunidade, não ia desperdiçar uma agora como esta: tinha que ter paciência, tinha que esperar.

Um dia dona Rosíris (ainda era para Renato dona Rosíris, mas como tudo se transformou tão rápido!) entrou na loja. O homem sentiu um tremor, uma coisa de adolescente. As palavras de Isabel lhe vieram logo: *pois repare, que ela é muito bonita...* Dona Rosíris aproximou-se do balcão e disse que queria foto três por quatro.

– Mas não dessas máquinas horrorosas, o senhor entende?

Claro que entendia e concordou sorrindo. No estúdio, ela arrumou sem pressa os cabelos e sem pressa retocou a maquiagem. Renato tentou se ver vendo, saber o que sentia ao vê-la. Não, não a olhava como os outros homens, pensou. Esperou profissionalmente que estivesse pronta, depois ajeitou-a no lugar e seu perfume tinha o aroma não sabia de que madeira. Até aí nada, ou um princípio indefinido; mas quando, acabando de fazer o foco, ele a viu através da lente, algo surpreendente aconteceu; não soube que outros olhos a máquina lhe deu, talvez o fato de poder olhá-la sem a preocupação de ser notado, encoberto que estava com a máscara do ofício, fez tudo, fez o instante de se apaixonar. E ela era muito bonita, puxa, como era bonita assim quase sorrindo!... os olhos castanhos e serenos e a mecha caindo sobre a testa... Foi então que o instante o levou a fazer o que fez; loucura de alguém que até então viveu o ameno filme de uma vida. Só teve para si poucas emoções e a vocação de fotógrafo, e isso explica em parte seu ato. Vocação de fotógrafo não significa que se sentia feliz com a profissão, era uma chatice tirar fotos para identidade. Coisa mais contrária à identidade são essas padronizadas fotos: mesmo tamanho, mesma expressão em todos os rostos, cinzas até quando coloridas, de tempo nenhum até quando datadas. Não somos nós ali, e ali ficaremos para sempre não sendo. O que gostava e ansiava sempre era pelo domingo e a sua Serra da Cantareira. Não vinha de lá com bonitas paisagens, o que o atrai é o que se esconde na úmida natureza, o desenho que um parasita deixou numa árvore, o misterioso nó de um tronco, a escultura que uma formiga havia feito em uma folha. Mas agora, vendo esta mulher, uma outra natureza tomava conta dele: uma natureza chamada Rosíris. Fez então o que a vocação e não o ofício exigiu: trocou a lente da máquina e afastou a câmera, focou-a novamente, agora dona Rosíris estava de corpo inteiro como a queria; esticou o momento o quanto pode... e clicou. Depois encenou uma perturbação, inventou que havia um problema técnico, trocou a lente de novo e aproximou a máquina para logo fazer o três por quatro que a freguesa queria.

Roubou a imagem de Rosíris como um adolescente roubaria um beijo da amada adormecida a quem não tinha coragem de declarar seu amor e morreria de vergonha caso a moça no momento do beijo despertasse. Carregou os negativos com todos os cuidados, mas felizmente seus temores foram em vão: a foto ficou perfeita. Toda aquela Rosíris que o havia encantado estava ali, até o leve odor de madeira da alma do seu perfume. Se já era estranho o que havia feito, seria mais o que estava por fazer. Ficando prontas as fotos três por quatro, juntou a elas no envelope a foto roubada e ampliada. Depois mandou que Tavinho a entregasse com um bilhete: *Aí vai a obrigação do ofício e a devoção da arte. Desculpe a ousadia.* Mal despachou o menino, começou a se julgar um idiota. Como é que fazia uma coisa dessa, ela iria ver que ele era um bobo, riria. O suplício durou até a volta de Tavinho, o rapaz retornou com sorriso misterioso e com a foto de volta, trazia também um bilhete resposta. As mãos tremiam ao abri-lo e imaginou Renato uma coleção de xingamentos, ou de duas ou três frases mais delicadas, mas igualmente humilhantes. O bilhete dizia: *Não desculpo nada, você se esqueceu da moldura. Se na quinta à tarde já estiver pronta, tomamos café às cinco.* Não acreditava, e a tremedeira aumentou, ela queria mesmo conversar com ele! Tomar café! Releu o bilhete outra vez, e outra... era verdade!

Relutou depois em ir. Tinha feito o mais difícil e só agora punha-se a pensar no que estava arriscando, pensou nesses anos todos de casado, em Isabel. Mas Isabel lhe pareceu tão distante. Na vida de Renato não havia lugar para o extraordinário, pensava. O caso da velha Natália que contara recentemente para o David era a coisa mais assombrosa que presenciara. Mas isto até aquele momento.

Quando deu por si, se é que de fato deu por si, estava na sala de dona Rosíris com um embrulho debaixo do braço. A mulher o recebeu muito bem, ele até queria ir logo embora, mas ela soube fazê-lo sentar, tomar café e provar os bolinhos de chuva. O homem tinha o acanhamento de quem não tinha a experiência. Quem era ele para estar ali com essa mulher tão desejada por todos? Quando muito mais tarde disse isso, ela haveria de lhe responder que ele era aquele que teve a coragem de fazer algo muito mais ousado do que mexer com ela na rua, e pondo a mão sobre a dele, completou: *agora você mexe comigo aqui dentro* (e o puxou de leve para ela). Mas isto foi depois, naquele dia do café eles só conversaram e ele mais querido dela ficou.

Acho que foi uma semana depois disso que Isabel lhe contou da doença que já ia muito adiantada. Que choque, meu Deus! Ela devia saber da enfermidade, devia, e não lhe contou antes. Renato sentiu uma grande compaixão, Isabel então... não falaram mais da doença, mas os dois sabiam. O que tinham ainda de vida em comum não era para ser contado nem em anos, com sorte em meses. O que seria dele sem Isabel? Pensou e temeu a resposta afastando o pensamento. Depois pensou em Rosíris e se arrependeu de ter ido visitá-la, a traição existiu abominável a partir da doença de Isabel. Queria dedicar todo o tempo que possuísse para a mulher, o que ela rejeitou com muita delicadeza, dando a entender que queria apenas o que sempre tivera, o resto seria por conta de dó o que ela absolutamente dispensava.

O sol ia muito baixo e Rodrigo, mais que os outros, já ia arrependido de ter traído as inequações. Dona Rosíris há muito havia colocado a cabeça para fora pela segunda vez e também ela parecia que ia desistindo da espera. Daqui a pouco dona Denise chegaria e iria ver que seu filho descumprira a palavra. A aflição de Rodrigo aumentou muito nos últimos momentos, sem enfermeira, sem prima que lhe consolasse, sem dona Rosíris. Como era injusta a matemática da vida, era isso o que sentia sem poder em palavras expressar, os dois membros da inequação sempre diferentes, nunca em igualdade plena. Uma esperança derradeira se tornava apenas um balançar das cortinas. Rodrigo imaginou, já que dona Rosíris não vinha mesmo, que ela bem que podia se transformar em sua mãe. Sim, na mãe, e ela viria e abria as cortinas, que era da casa de dona Rosíris, mas isto era apenas um detalhe, nada relevante, porque a casa se transformaria também na sua e estaria lá a mãe lhe acenando, agora da porta, que era de onde costumeiramente lhe chamava. Teria, é claro, um sorriso mais que compreensivo e diria enquanto chamava: *esqueça as inequações, menino, e venha tomar banho, venha, que o jantar esfria*. Mas dona Rosíris nem vinha e nem se transformava na mãe. Rodrigo então sentou-se, deixando aos amigos o trabalho de guardar a janela, encostou as costas na mureta e ficou vendo o pôr-do-sol.

Uma coisa estranha acontecia com Renato, ao mesmo tempo que se sentia culpado queria procurar Rosíris. A mulher o atraía e Isabel, de estranho modo, o empurrava ainda mais para ela. Uma noite Isabel propôs-lhe uma promessa, pediu que ele não se deitasse com mulher alguma enquanto ela vivesse, pediu que ele jurasse de mãos juntas, *você não terá que esperar muito*, e completou, *namore se quiser, você deve gostar de dona Rosíris, mas não deite com ela antes de eu partir*. O marido tentou inventar alguma coisa, mas ela sorrindo pediu que ele se acalmasse. Isabel era assim... Sabia então dos seus encontros; ou só suspeitava dos seus desejos de homem?

Encontrou-se Renato ainda duas vezes com Rosíris, e não se amaram como e o quanto queriam; em pacto jamais firmado pela palavra, respeitaram a promessa dele: aguardavam com secreto anseio a morte de Isabel? Não, não era nem isso nem deixava de ser, Renato não torcia para que a esposa morresse e padecia os tormentos de que ela não reclamava. E não pediu que Deus a levasse, não fosse estar seu desejo de alguma forma embutido na sua compaixão. Aguardou apenas. Então veio Isabel pedir aquela coisa tão monstruosa, estava muito próximo o fim, ela não durou mais dois dias.

Renato foi à casa de Rosíris e deitou com ela pela primeira vez. Não pensou no momento o que os vizinhos deviam pensar: *mal tirou a mulher de sua cama, já se deitou na de outra*. O dia estava bonito e a tarde tinha um vento constante de final de inverno, fizeram amor e ele já não se lembrava de quando havia tido tanto prazer. O universo não se alterava em nada com seu ato, o vento continuava soprando e a tarde continuava bonita. Renato foi feliz. Houve um momento em que Rosíris se encaminhou até a janela e abriu o cortinado, falou alguma coisa, um poema sobre a rosa aberta no jardim, e virou-se, a luz de fora desenhava seu corpo e ela começou a dançar.

Em dado momento o luto retomou o coração de Renato. Lembrou-se pela primeira vez de Isabel desde que havia chegado. Pensou em sua casa sem ela: uma sensação de tristeza invadindo a calma da alegria. Então se lembrou do pedido de Isabel. Alguns dias antes, ele se aproximou da cama e Isabel estava tão fraca:

– Chega mais perto, Renato, chega.

O homem pegou a mão da mulher que estava fria.

– Você faz uma coisa... parou para respirar – é a última que te peço. Promete que faz?

– Claro, o que é?

Isabel respirou fundo e acrescentou:

– Você faz amor com a Rosíris depois que eu morrer?

– Mas que coisa é essa, Bel?

– Sei que você quer, então faça... – pausa novamente – mas promete fazer uma coisa depois por mim, promete!... ela quase já não conseguia de fraqueza articular as últimas palavras – Olha, você fica triste e chora, mas chora muito e diz que está com saudade de mim. Depois se despeça e vá embora para sempre. Promete!

Aquilo não era delírio de moribundo, Isabel morreu na mais perfeita lucidez. O marido teve que prometer, mas prometeu a si mesmo que não a cumpriria a não ser a primeira parte. Ali com Rosíris, enquanto ela dançava, Renato pensava em Isabel, na saudade que já sentia dela e foi ficando triste, triste... e chorou. Então aquilo que havia prometido a si não fazer ele sentia e fazia. Sentia saudade de Isabel e disse para Rosíris e chorou muito enquanto dizia.

Viveu uma enorme alegria e uma enorme tristeza numa única tarde. Fez a vontade de uma morta, a palavra empenhada, a obrigação, pois ela estava tão dentro dele, e fez a infelicidade momentânea da mulher que o amava. Voltaria a ver Rosíris? Não sabia, o outro é sempre impenetrável, como dizia os olhos de Denise, mesmo quando o outro é você mesmo.

– Lá vem ele – gritou Nelsinho.

– Levanta daí, Rodrigo, não disse que ele viria.

Rodrigo levantou-se, ali vinha seu Renato, atrasado, mas vinha. Quando foi chegando perto da casa de dona Rosíris, o homem foi diminuindo o passo.

– Ué, ele parou!

– Então não vai entrar?

Momento de indecisão. Se nesse instante os meninos pudessem entrar na cabeça de seu Renato, assistiriam a uma breve batalha do homem e sua consciência. Renato se surpreenderia se soubesse que dois anos mais tarde, renascido outro, veria a vocação superar em muito o ofício. Devia ser justo com Isabel, não fosse ela, não estaria agora aqui; não fosse Rosíris também não. Essas duas mulheres lhe davam de volta o retrato seu que ele desconhecia. Se estivera triste, já não estava mais, o luto havia terminado, mas tinha ainda que recompor o estrago feito.

– Ele está indo!
– Está!
– Ele vai?
– Vai, vai...
E disseram todos em torcida:
– Vai!...Vai!...Vai!... Ai!...
Clic!

Um Conto de Natal

Para Nelly Novaes Coelho

Não sei o quanto Renato pensou em Perrault ao me contar o caso. Sei apenas, e esta é a verdade clarinha e pura, que ele conheceu Maria Borralheira. Talvez pela proximidade do Natal, e o espírito de Peter Pan nos habita, as coisas calam num ponto mais fundo. Assim começa a estória:

Era uma velha...

Uma velha cujo rosto foi borralhado pelos anos e pela pobreza. Seus olhos eram grandes e vivos, de gato em hora de caça. Seu corpo pequeno, ainda ágil e rijo, recusava-se a arcar ao peso do tempo e do saco que trazia às costas. Ninguém sabe de seu passado; ninguém sabe da perdida noite em que um pedaço de pau ou pedra desenhou uma estrela em sua testa. Os cabelos tinha-os em abundância, eram penteados para trás sem cuidado, cobertos por um lenço que algum dia fora, como os cabelos, só negro. Seu companheiro era um vira-latas que atendia por Duque e estava amarrado ao destino de sua dona por um esfarrapado cinto.

Era comum ver a velha Natália andando por Vila Galvão e, como só era lembrada ao ser vista, ninguém sentiria sua falta se sumisse. Vivia do dó e do lixo alheios. Às vezes, quando vinha na sua caminhada, parava um instante para, sem cerimônia, aliviar a bexiga; e assim, em pé mesmo, apenas abrindo as pernas, deixava o líquido morno escorrer para a calçada. Isto provocava uma enorme irritação nos donos das lojas, enxotavam-na com jeito, porque sempre havia o receio de que ela fizesse um escândalo dos diabos. Os meninos menores tinham medo dela; os maiores também mas a enfrentavam para provar coragem. Ela os receava a ambos, mas tinha o orgulho de não desviar nunca de seu caminho quando os via.

O gosto pela fantasia fez surgir os fabulosos mundos da velha; que encantaram e puseram medo nos pequenos. Diziam uns que era rica, que todo dinheiro recolhido numa vida de esmolas virava ouro num potinho enterrado e cujo destino ninguém podia saber qual seria, mas que havia um destino para seu ouro, havia. Diziam outros que, ao contrário da pobreza de agora, ela já fora muito e muito rica, tinha sido uma princesa e que, por inveja de sua beleza e do amor de um príncipe, uma bruxa a havia transformado também em bruxa; só a partir de então tornou-se perversa e começou a roubar criancinhas que eram levadas para sempre no fundo do saco. Diziam outros que não era tão má assim, antes triste, porque a bruxa invejosa havia transformado seu filhinho num cachorrinho, e isso explicava o grande amor que a mulher tinha pelo Duque, seu menino encantado.

Aproximava-se o Natal, mas a velha há mais de mês não aparecia. Renato ocupava-se, como outros comerciantes, em decorar sua loja fotográfica, ninguém tiraria mais fotos ou revelaria mais filmes nessa época do que o habitual, mas não ligando para isso, ia enfeitando as vitrines com muito gosto: era Natal. Bolas coloridas, flocos falsos de neve, estrelas, papais-noéis, uma grinalda de flores secas na entrada, tudo estava ficando muito bonito.

O homem pensou que era preciso aproveitar a arrumação para livrar-se de uns trastes velhos. Foi ao estúdio, aqueles cartazes ali iriam para o lixo, aquela papelada também. Ah, sim, isso aqui atrás desse pano... Renato retirou o encerado e parte da fina camada de pó que o cobria ganhou o espaço. Ali estava... e seu olhar se deteve. Já era para ter jogado fora tudo aquilo, mas mais uma vez relutava; há duas arrumações aquele cenário antigo insistia em ficar. Era um estorvo, uma inutilidade, ninguém mais tiraria uma foto com ele: uma pequena coluna romana à frente de umas árvores pintadas com uns pássaros estáticos; a cadeira que às vezes era colocada aqui para que a esposa se acomodasse ao lado do marido, que ficava ordinariamente em pé, há tempo já fora para o lixo. Mas o cenário resistia... Renato lembrou-se de uma senhora que veio para registrar os seus cinqüenta anos e foi a última vez que o utilizou.

Nunca poderia esquecer daquela mulher, não tanto pela sua altivez, que era marcante, mas porque duas semanas depois de fazer sua foto viu, cheio de horror, a reportagem do jornal: o marido e a loucura que o acometeu, as frases desesperadas da mulher registradas pelo repórter, o filho ainda desaparecido – uma vida ao desmoronar flagrada pelo papel. Relembrou Renato essas coisas com certa tristeza apesar do tempo que o distanciava delas; sacudiu o encerado com força e o devolveu à sua antiga função. Talvez a mulher voltasse algum dia para registrar os seus setenta anos, pensou mais com ironia do que com convicção.

No outro dia, a loja já estava toda pronta para receber Papai Noel. Eram dez horas quando a senhora entrou e Renato, por um instante, pensou ver a mulher em que ele havia pensado no dia anterior, parecia mesmo e até mais envelhecida para ser mais real, depois reparou o erro concluindo que a semelhança estava antes no gesto que na fisionomia. Bem arrumada, mas sem exuberância, devia ter acabado de sair do cabeleireiro. Era certo que a conhecia, mas não sabia de onde; o cachorrinho ao lado o fez lembrar-se de quem seria, e compreendeu: era a velha Natália. Impossível, mas era. Renato teve que refrear a surpresa. Teria a mendiga, por um incrível golpe de sorte, enriquecido? Não sabia e não se atrevia a perguntar. Ali estava o Duque, não preso por um farrapo qualquer de cinto, mas por uma correntinha muito brilhante e com igual coleirinha, limpíssimo. Ali estava ela, o penteado novo ocultando sua estrela; sua bolsa, seu cinto e seu sapato combinando; relógio; colar; um broche brilhando sobre o coração. Queria se passar por desconhecida? Assim o homem entendeu e aceitou o jogo.

A freguesa queria tirar retrato. Queria uma coisa bemfeita, queria guardar a melhor lembrança dela e de seu cãozinho. Tavinho, o ajudante, imaginando que seu patrão não a havia reconhecido, quase a denunciou, mas um gesto do homem o fez silenciar.

– Por aqui, senhora – disse Renato, fazendo uma sincera mesura.

Entraram ambos no estúdio. O homem descobriu o cenário:

– É do seu agrado?

– Sim, acho que vai ficar muito bonito.

Então o fotógrafo foi buscar uma cadeira. A mulher mirou-se no espelho verificando se o cabelo ainda cobria a cicatriz, depois sentou-se e ajeitou o cachorrinho no colo. A maneira como colocou um pé a frente do outro, o busto erguido, tudo dava-lhe uma postura imperial. Renato quase não ousava tocá-la quando teve que afastá-la um pouquinho para a esquerda. Quem a visse ali haveria de crer; os meninos estavam certos em acreditar que ela havia sido uma princesa.

Quando saiu do estúdio, a senhora acertou o pagamento e a entrega do serviço, mas o que mais lhe importava era saber se o retrato ficaria pronto antes do Natal.

– Certamente, senhora. Depois de amanhã está pronto.

A mulher sorriu satisfeita. Dois dias depois, retornou. O penteado estava renovado, o vestido ainda era o mesmo, mas impecável. Olhou a fotografia por um instante, após recebê-la de Renato, e sabe-se lá que mundo se abriu diante de seus olhos, que passado voltou dali. Natália sorriu e apertou a foto no peito, e ficou assim, um sorriso meio parado, um olhar no vazio; depois, quando falou, parecia que havia vindo de um sonho. Achou o serviço muito bom, elogiou o talento de Renato, pagou e depois depositou uma nota de cinco reais na caixinha dos empregados.

Renato já ia pensando que um milagre havia acontecido quando no dia de Natal, viu novamente a velha Natália em seu antigo traje e o Duque com seu velho cinto. Então o homem acreditou no potinho de ouro enterrado, numa economia de pão para um dia de fotografia, e na generosidade desse dia. Que importa que o resto fosse essa outra vida... A mulher retirou um carrinho quebrado de uma lata de lixo e olhou para ele com encanto de menina. Olhou depois para algo oculto dentro da blusa e, como se mergulhasse num passado bom, sorriu de novo, depois saiu resmungando porque imaginou que alguém vinha enxotá-la. Renato viu tudo isso e pensou naquela outra mulher da foto e do jornal, pensou imediatamente depois, ao menos para a felicidade dessa estória, que talvez aquela senhora e a velha Natália fossem mesmo a mesma pessoa; o passado de uma seria o futuro da outra a se completarem assim na unidade do destino. A velha Natália foi pela rua caminhando, caminhando, e parecia dançar não indiferente aos sininhos das lojas que badalavam, badalavam, blem, blem, blem...

MARA

Para João Alexandre Barbosa

Peço emprestadas tuas mãos
e navego-as com intimidade
em meu mar:
mais que mar,
maramar,
luamar,
e me levas, barca prazenteira.
E me lavas, festa profana,
as partes mais íntimas.
e as imagens mais secretas.

MIGUEL JORGE, *Coisas do Mar.*

– Marco, me chamo Marco – disse estendendo a mão para Mara que retribuiu meu gesto com um nome, um sorriso e um beijo no rosto; depois virou-se para o João Pedro e, sem desmanchar o sorriso, o cumprimentou também. Sentei-me em seguida e meu ânimo continuava o mesmo: estava aborrecido. Estaria aborrecido também se tivesse ficado em casa, mas ao menos não estaria contrariado. Nem podia imaginar, nesse momento, que essa moça, ainda para mim uma desconhecida, fosse ser a responsável por minha transformação.

Estávamos num bar da Henrique Schauman para onde Tavito e Zé me arrastaram, estavam alegres e me queriam alegre. Quando entramos no bar, João Pedro levantou-se e veio me dar um abraço. Tavito, batendo nas minhas costas, falou:

– Não disse que a gente trazia o homem!

João Pedro me sacudia todo enquanto me abraçava, e eu sorria timidamente.

– Saiu da toca, urso velho!... Tava na hora, não!... – Então me fez sentar, disse que eu estava mais gordo, mais gordo e feio e tentava assim arrancar de mim mais um sorriso; depois perguntou pela Nina, que devia estar uma moça...

– Está viajando com a mãe; final de semana que vem, fica comigo. Está uma moça mesmo, linda, muito linda... Acho que foi a melhor coisa que fiz...

– Pode ser, mas ainda bem que puxou a Flavinha. Deus existe, graças a Deus! E levantou um brinde; depois pousou o copo com cuidado sobre a mesa e teve vontade de perguntar por Márcia, mas pensou um pouco e achou que era melhor não. Então disse esfregando as mãos:

– Isto aqui daqui a pouco vai estar uma beleza; vem umas quinze ou vinte pessoas. Oh, Mozat, chega aí, traz mais cerveja e um *whisky* aqui pro Marco?

Não esperamos muito, e logo chegou o primeiro grupo e começou um arrastar de cadeiras, sorrisos e cumprimentos. Chegava uma Joana, que trabalhava com o Tavito, e trouxe um amigo Waltinho. Este, por sua vez, trouxe um Caíco que trouxe uma Cris, uma Vera e uma Mara. Minutos mais tarde, veio um Gu, que trouxe uma Gui, uma Lena e uma Teca, depois vieram outros que trouxeram outros e eu, como já estava no segundo copo de cerveja depois do copo de *whisky*, não consegui guardar mais nome de ninguém e duvido que naquela enorme mesa alguém tenha tido melhor resultado.

O Waltinho sentou-se à minha frente entre o Caíco e a Cris, a Mara mais ao lado, à esquerda, Vera aqui, Gui ali, Zé Luiz lá e assim foi. A conversa começou em fogo brando mas, aos poucos, as pessoas iam se agitando e podia-se já prever a temperatura que aquilo teria dali a algumas horas. O Gu perguntou ansioso se o Marcelo viria, mas ninguém sabia desse tal Marcelo. Lena e Teca trocaram duas ansiosas frases e riram um segredinho qualquer olhando depois para o Zé Luiz. A Vera era especialista em promoção de eventos, tinha trabalhado no último Salão do Automóvel do Anhembi, e disse isso com uma indisfarçável vaidade, arrumando os cabelos menos para arrumá-los que para mostrar o pescoço e o colo bronzeados, o que era coisa mesmo digna de se mostrar.

Em outra época, me sentiria muito bem com tudo aquilo, mas meus olhos não queriam o colo de Vera, nem o sorriso de Mara nem as pernas de ninguém. Minha vontade era levantar e ir embora, e faria isso se o Tavito e o Zé Luiz não me olhassem, de quando em quando, tão alegres e tão satisfeitos com a minha presença. Enquanto todos falavam e riam, eu ia planejando uma fuga, uma fuga possível, é lógico. Como se estivesse diante do computador, abri uma janela da memória e fechei a do bar. Foi assim que deixei a mesa, meus amigos e um bando de desconhecidos para ir visitar a velha chácara de tia Camila, ter de novo uma conversa com meus primos, saboreada num entardecer em que o horizonte, ao pôr-do-sol, abusava do vermelho e do cobre. Fiquei ali uns bons momentos, sentindo a viração anunciando a noite e deixando-me levar pela prosa gostosa e comprida como o aboio de um vaqueiro distante. Depois, despedi de meus primos, dei um beijo em tia Camila e, saltando outra janela, fui me sentar novamente com Flavinha, naquele jantar à luz de velas, em que celebramos nosso quinto e último aniversário de casamento. Ela estava tão bonita, mas já apenas mentíamos delicados o nosso grande amor. Beijei a mão de Flavinha, sorri dizendo adeus e atravessei a terceira janela para chegar ao Rio de Janeiro, mas, mal mergulhei um pé em Cabo Frio, ouvi que me chamavam de volta à tela inicial do bar. Voltei como que sacudido de um sonho. E me vi subitamente cercado por olhos despertos.

– Que foi? – perguntei emareado.

Queriam uma opinião, ou uma frase ao menos boba que fosse, mas mostrasse que estava de fato ali na mesa com eles. Do que falavam mesmo?... Ah, sim, de cinema... Saltei de Cabo Frio para o convés do *Titanic*. O que é que eu achava do filme? Não achava nada, não tinha assistido e completei, como se me desculpasse:

– Faz uns dois ou três meses que não vou ao cinema.

Mas aí então, como se quisessem denunciar uma terrível falta, alguns começaram a dizer que eu precisava ir ver de qualquer jeito o filme, que era o máximo, imperdível, etc., etc.,... Diante de tanto entusiasmo, não resisti à tentação perversa de provocar e disse, não sem uma ponta de desdém, que não tinha a menor vontade de ver esse filme. Diante de tanto "nossa" e "como", ainda arrematei, prevendo que todos ali só assistiam à película da moda:

– Vi *Um Instante de Inocência*, um filme iraniano, alguém viu?

Ninguém; e foi dessa maneira que voltei à conversa, escondido atrás de um sorriso e de uma frase pretensamente inteligente. Notei, no entanto, que Mara pela primeira vez punha seus grandes olhos negros e curiosos em mim, era o espanto de um Robinson que encontra uma pegada na areia.

Mas não pude me fixar nela por muito tempo, pois João Pedro, ultrajado com a minha observação, saiu em defesa do *Titanic*. Como é que podia, um filme lindo, tão maravilhoso, as pessoas choravam de emoção ao vê-lo, como é que podia eu não querer ver um filme desses? E terminou sua fala dizendo que só eu mesmo para preferir filmes que ninguém via. O Caíco de pronto se apresentou também para ajudar o João Pedro e o *Titanic*, era uma produção maravilhosa de duzentos milhões de dólares, como é que alguém podia não gostar. Sinceramente foi engraçado vê-los assim, agindo como se o velho transatlântico pudesse afundar novamente por culpa da minha simples indiferença. Secretamente, por causa de um instante de inocência, por um momento, me diverti muito.

Finalmente, depois de mais algumas duas ou três frases indignadas, me deixaram em paz, a mim e ao *Titanic*. A conversa mudou e também os interlocutores. Fingi interesse no que dizia Waltinho sobre o *show* do U2 e cada vez mais estava arrependido de ter vindo. É engraçado que às vezes, como agora em que escuto Waltinho, sinto que alguém atrás de meu sorriso, ou de minha falsa atenção, quer se insurgir, se levantar e me levar para casa. Então é preciso deixar que esse alguém se revele numa ironia, ou numa frase ousada e sincera, e possa também sorrir. Ir para casa, pensava. Mas afinal o que é que iria fazer lá? Nada; ou o que faço nas sextas de insônia, navego pela Internet. Confesso que ultimamente não navego apenas às sextas, mas em qualquer bom tempo livre, basta isso e lá vou eu para qualquer ilha do sul que me faça esquecer um pouco da vida.

É verdade que nem sempre foi assim; tudo revirou, mais precisamente, com o vendaval Márcia. E pensar que o amor entre a gente começou tão delicado, uma leveza de brisa. Os nossos passeios eram de adolescentes; Márcia se encantando e me encantando com as pequenas coisas; nossas conversas às noites eram pequenas para conterem nossas palavras. Depois, sim, depois é que veio a paixão, grande, maravilhosa, terrível. E fomos arrebatados pelo desejo em que o gozo mal podia dar conta, apenas cuidava de adormecê-lo um pouco, até o dia seguinte ou o outro. Bom tempo. Mas surgiram também, vento ponteiro, os ciúmes, as intolerâncias: o sopro mais forte das primeiras brigas. Um sopro que veio e foi aumentando e nos fazendo descobrir o que havia de pior em nós. E foram gritos, e xingos como medonhos clarões na noite, e retrato se espatifando contra a parede. Depois veio a breve calmaria com pedidos de desculpas, mas curta, seguida de novas rajadas de raivas, que cresceram então cada vez mais até se tornarem a tormenta de ódio que nos arrastou a uma separação cheia de destroços de nós mesmos, mesquinharias, separação que se estendeu por meses, longa, longa demais.

O final de uma tormenta coincidiu com o início de outra, agora não amorosa, mas de ordem profissional: a pressão na Bolsa onde trabalho. Os Tigres Asiáticos afogando-se em números e nós, corretores, perdidos num mar revolto de informações. A Bolsa de Tóquio caiu hoje mais do que havia caído ontem e o pregão foi interrompido por duas vezes. Amanhã pode ser que suba, mas aí serão os malditos chineses de novo. Hong Kong despencou a semana passada e Nova Iorque nos levou a todos no sorvedouro. Há duas semanas, as mãos geladas e o coração em sobressalto. O coração. Felizmente não vejo Márcia há um mês, longe, graças a Deus longe; mas perto, ligando sempre para saber que fim havia levado um CD da Marisa Monte e de um certo perfume francês. Deviam estar no meu apartamento e Márcia dava a entender que eu os estava escondendo.

Por tudo isso, não queria saber de mulher, festas, concerto, ou o diabo que fosse. Então Tavito e Zé Luiz apareceram. "Gandaia, cara, gandaia, é disso que você precisa!" Mas o que é que eles sabiam do que eu precisava? "Gandaia, cara, gandaia..." Para ali me trouxeram e ali fiquei a noite toda bebendo, rindo pra um e pra outro, colhendo pedaços de conversas que entravam por um ouvido e saíam pelo outro.

As duas horas chegaram e com ela o feliz momento de irmos embora. Já estava ansioso para receber as palavras de despedida e depositá-las todas no mesmo pacote de esquecimento em que pretendia embalar essa noite. Ao me aproximar de Mara, no entanto, aconteceu algo inesperado. No lugar de um até logo, de um a gente se vê por aí qualquer dia, Mara, com uns olhos marotos em mim, disse:

– Não vi *Um Instante de Inocência*, mas senti o *Gosto de Cereja*. – Sorriu e me beijou no rosto, um beijo menos eufórico do que o da apresentação, mas mais terno e um segundo mais longo. Que jeito delicioso de falar que também ela assistia a filmes que ninguém assistia. Agora era eu que encontrava uma pegada na areia. Mas tudo foi e tão rápido, a pegada como que varrida por uma brisa da despedida, logo se desfez. Vi Mara virar-se de costas e desaparecer entre mesas e outros que também já se iam. Não, eu não iria me apaixonar novamente, nada de mulher, bato na madeira, mas as palavras de Mara e a lembrança de seu beijo foram uma prazerosa companhia até em casa. Esquece, Marco, esquece!... fiz um gesto para espantar a mosca do pensamento, e tratei de esquecer e de ir logo para a cama.

Não precisaria acordar cedo para ir à Bolsa, era sábado. Mas quando chegasse domingo à noite eu já começaria a ficar aflito. O trabalho na Bolsa é exaustivo, exige da gente obstinação, ganância, coragem e uma enorme resistência para agüentar as tensões que, em determinados momentos, chegam ao limite do suportável, ao sobre-humano, ao desumano. Este trabalho me dá um bom dinheiro, não posso me queixar, e fez de mim boa parte do que sou. As galerias de arte, os concertos no Municipal e no Cultura Artística, o teatro, o cinema e os livros fizeram a outra parte de mim. Às vezes, quando saio do prédio da Bolsa, com a alma cheia de cotações e inquietações, tenho que forçosamente entrar numa boa livraria. Isto é para mim como é para alguns entrar numa igreja. Percorro as estantes, acaricio e folheio uma edição sobre teatro moderno, ou uma boa tradução dos poetas trovadores. Então me acalmo, e é reconfortante sair de lá com um livro embaixo do braço, ansioso para chegar em casa e poder passar mais duas ou três horas com ele.

Sempre tive poucos amigos que me acompanhassem às exposições ou mesmo ao teatro. Após uma passada na mostra de Monet ou uma ida ao Espaço Unibanco de Cinema, eu é que ia ter com João Pedro, Tavito e Zé Luiz, membros fixos de uma turma que se renovava quase a cada encontro, em algum bar de Pinheiros ou de Perdizes. Durante o tempo em que fiquei casado, o número de minhas saídas diminuiu um pouco. Flavinha costumava me acompanhar aos museus e às esticadas boêmias posteriores, mas acho que mais para me fazer agrado que pelo prazer que a arte ou a companhia dos meus amigos podiam lhe proporcionar. Quando o amor acabou, ficou a amizade, foi ela quem me ajudou a encontrar este apartamento.

A necessidade e o gosto de navegar pela Internet nasceu da natureza do meu trabalho, precisava ter acesso aos dados mais recentes, aos artigos dos melhores especialistas, às últimas tendências do mercado etc. Mas, como fui sabendo depois, o outro mundo que se podia descobrir ao se navegar info afora, sem a preocupação da procura apenas do útil para se tornar mais rico, era o que mais me dava prazer. Apesar disso, no entanto, foi só na época das minhas brigas com Márcia e depois que os passeios pela Internet ocuparam uma parte importante da minha vida. E veio um tempo de recolhimento e desânimo, de andar à deriva, um tempo em que não senti mais o prazer de abrir um livro, nem de ir ao cinema ou de me encontrar com os amigos.

A ida ao bar foi a minha primeira saída depois de todos esses meses. Aquele momento da despedida de Mara que, com toda a despretensão, dera uma cena viva à vida, mas de que achava que estaria esquecido na manhã seguinte, acordou comigo. E foi muito bom acordar assim, com Mara me olhando, e repetindo as palavras sobre o gosto de cereja, e me dando um beijo, um beijo mais longo e bom... E então senti vontade de me lembrar de coisas que Mara havia dito antes, mas não pude. Não que não pudesse lembrar do que ouvira na mesa, a culpa foi de uma sensação ruim que, nesse instante, se pôs entre mim e Mara. Uma outra recordação veio empurrar a da noite anterior para longe. Era o fantasma de Márcia que voltava mais uma vez para me assombrar, e vinha para me lembrar de um CD e de um perfume, e vinha para me trazer as lembranças de dolorosas brigas, de outro tempo não suficientemente distante, e o meu momento com Mara se desfez. Estava celibatariamente convencido de que pelo resto da vida não queria mais namorar ninguém. Mas que mal havia em lembrar de um instante gostoso e inocente, foi o que disse a mim mesmo na hora do almoço, quando mais uma vez me veio à lembrança aquele momento da despedida no bar.

Passei alguns dias sem pensar em Mara; ou melhor, pensando nela apenas no curto intervalo entre o vasculhar de gaveta e o fechar, entre a xícara e a boca. Quatro ou cinco dias depois, uma noite, no entanto, dei por mim no animado jogo de recompor palavras que saltavam de nossas bocas e dançavam sobre a mesa do bar. Pena não conseguir lembrar de tudo como queria. Mara falou de umas férias, de um patrão horroroso e riu muito de uma piada do Waltinho. Meu Deus, o que eu estava fazendo era construindo com pedaços de gestos e palavras e com um mar de negro desconhecimento a mulher que iria amar, mas que, no momento, era o que eu jamais admitiria! Ao me lembrar daquela noite, imaginava estar apenas exercitando a memória num jogo inocente e divertido. Que risco podia haver nisso? Como até há poucos dias eu podia ser tão inocente? Lembrei-me de atenta expressão de Mara ao ouvir Cris falar de uma mística teoria de mundos paralelos. A teoria explicava, entre outras coisas, por que duas pessoas podiam vivenciar experiências semelhantes ou se completavam vivendo na mesma época sem às vezes nem se conhecerem, como uma moeda em que a cara desconhece a existência da coroa. Falou de filósofos que chegavam às mesmas conclusões, ou que uma completava a do outro, falou de inventores e concluiu que o fenômeno a que chamamos normalmente de coincidência é tão-somente a teoria em ação. Falou por fim do amor e de como, nesse aspecto, valia, na maioria das vezes, a frase: *"Em matéria de amor, ninguém delira sozinho"*. Disse isso olhando para Mara, que olhou para mim maravilhada, não estava maravilhada comigo, pensei enquanto me olhava, mas com a explicação da amiga. Depois houve também um momento, um deles aliás, em que a conversa ganhou certo clima de sensualidade, foi então que Mara falou, sem constrangimento, que gostava de conversar pela Internet.

– Gosta de sacanagem! – observou Tavito rindo.

– Pode ser, mas se não machucar ninguém, que mal faz!...

Depois dessa resposta, Zé Luiz quis saber maliciosamente que apelido ela usava. Mara sorriu e disse que isso era segredo, mas dava uma dica, quem quisesse descobrir que procurasse pelo nome de uma mulher que havia aprisionado, por um tempo, o coração de um marinheiro.

– Olívia Palito – gritou o Zé Luiz, rindo e começando a cantar e a mandar beijinhos – Eu sou o marinheiro Popeye... eu sou o marinheiro Popeye...

– E eu sou o Brutus – gritou Tavito, fingindo dar socos no Popeye.

Ao relembrar isso, achei que pudesse descobrir o apelido que Mara utilizava na Internet. Fui ao computador e comecei a visitar as salas de conversa de vários provedores, observei nomes, mas não encontrei nome que pudesse satisfazer a charada proposta por Mara. Por várias noites entrei em várias salas virtuais e não encontrei nenhum virtual nome que me satisfizesse. Até que numa quinta à noite, ao verificar uma listagem de nomes, dei com um que me fez ter um sobressalto. Sorri, ali estava ela. Compreendi só então que Mara tinha dado a dica para mim, só eu daquela mesa poderia descobrir. No meio de tantos nomes vulgares e pornográficos, meus olhos encontraram o de Calipso, a semideusa que retivera em sua ilha por um tempo o herói grego que voltava da Guerra de Tróia. Entrara na sala com apelido de Aristide, nome retirado ao acaso de um cartaz publicitário de Toulouse-Lautrec, cuja réplica tenho pendurada na parede em frente; confesso que fiquei tentado a sair para voltar com o nome de Ulisses, mas aí correria o risco de ser descoberto e perderia a oportunidade de conhecer melhor Mara através dessa alma assombrosa a que deu o nome de Calipso.

Aristide devia ser parecido com todos aqueles que entram nessas salas, mas também deveria ter alguma coisa além que interessasse a Calipso e que o todo fosse capaz de seduzir Calipso. Para isso era necessário conhecê-la, estudar suas palavras para sentir o que ela esperava dele. Tentou assim o primeiro contato: *"Aristide aproxima-se de Calipso: Oi, gata, quer teclar?"* Houve espera e nenhuma resposta. Aristide tentou novamente, e nada. Só da terceira vez ela respondeu: *"Calipso fala em segredo com Aristide: não quero conversar, só estou interessada em ver as fotos".* Pronto, o contato havia sido feito, começava então um jogo de paciência cheio de avanços e recuos. *"Aristide fala com Calipso: De que fotos você mais gosta?"* A resposta demorou: *"Calipso fala em segredo com Aristide: Puxa, como você é insistente!..."* Enquanto respondesse era porque se importava. *"Aristide fala em segredo com Calipso: que mal há em não querer perder alguém."* Deixou propositadamente um espaço como se a última palavra se perdesse. *"Calipso fala em segredo com Aristide: O que você disse?"* E a resposta foi: *"Aristide fala em segredo com Calipso: Que mal há, quando se está só, em não querer perder alguém que vale a pena. Fala, gata, de que fotos você mais gosta?"* A resposta demorou, até que apareceu na tela: *"Calipso fala em segredo com Aristide: Você quer é conhecer os meus desejos!..."* Resposta: *"Aristide fala em segredo com*

Calipso: Não é pedir muito, afinal só podemos nos tocar com nossas palavras". Então, um pouco hesitante no início, Calipso falou das fotografias que mais a excitavam e foram por aí conversando por mais uma hora. Nessa noite, a conversa beirou apenas o erotismo, mas Calipso gostou de Aristide e marcaram um encontro para a noite seguinte. Aristide estava muito contente quando desligou o computador e só conseguiu dormir tarde. Eu também estava contente.

Na Bolsa foi mais um dia de incertezas, aliviava-me a alma apenas a lembrança de que à noite logo Aristide se encontraria outra vez com Calipso. Flavinha me ligou à tardinha e por sorte já me pegou em casa, queria ficar mais alguns dias com Nina que estava se divertindo muito. Assim que chegassem, Nina ficaria comigo mais alguns dias, combinamos. Depois perguntou como eu estava? Achou que havia uma sombra de tristeza no meu olhar e no meu sorriso quando levei-as ao aeroporto. Temeu que estivesse doente, tinha voltado a fumar e estava abatido.

– Se cuida, hem!

Agradeci sua preocupação com um sorriso. Se ainda nos amássemos um pouquinho mais, poderíamos ser felizes. Depois foi a vez de Márcia me ligar. Não se importava mais com o CD da Marisa Monte, mas do perfume não abria mão. Quis saber o nome do perfume, estava disposto a comprar um novo, que custasse cem ou duzentos reais, não importava, era o preço da minha carta de alforria e pagaria com gosto.

– Não quero saber de um frasco novo, quero o meu que está aí.

Minha carta de alforria não ia sair tão cedo. Paciência. Procurei esquecer Márcia pensando no encontro de Aristide e Mara. Meia hora depois, encontraram-se na mesma sala de conversação. Aristide falava como se a conhecesse já há algum tempo, Calipso estava também mais solta e até quis saber mais dele. Percebi que estava curiosa para conhecer quem ele escondia. Aristide soube mentir bem e ela aceitou com gosto suas mentiras como se entendesse que ainda era cedo para uma revelação maior. Calipso disse coisas excitantes para provocá-lo, ele aceitou a provocação e logo estavam num jogo plenamente erótico e disseram e fizeram as secretas coisas que as pessoas normalmente fazem quando chegam a esse ponto: o desejo real se satisfez com o sexo virtualmente seguro e distante, ocultados pela falta de rosto, de corpo, pela falta da perplexidade e da fascinação que só se descobrem com o toque, com o cheiro e com as ações ridículas e sublimes a que nos forçam a carne e o coração. Gozaram à distância de quilômetros, foi a maneira de Aristide e Calipso se tocarem, foi a maneira de me aproximar um pouco mais de Mara. Tive a necessidade de apalpar minhas pernas algumas vezes com o único propósito de sentir.

A noite seguinte repetiu a anterior com a diferença de que, depois de gozarem, Calipso quis conversar sobre outras coisas e pediu que Aristide falasse sobre ele. Aristide se descreveu mais bonito do que eu e falou de outras fantasias sexuais procurando excitá-la. Temi, por um momento, que não fosse Calipso, mas Mara quem estivesse falando e que começava a se aborrecer com Aristide, que o achasse tão vulgar quanto qualquer outro e que, para fazer simplesmente sexo, ela poderia fazer com qualquer outro. Calipso (ou Mara) agora sondava Aristide, fazia uma pergunta aqui, outra acolá, inocente, mirava num alvo para ver se acertava em outro. Por uma observação e outra entendi que não estava muito bem. Aristide perguntou, lá com um jeito meio bruto e malicioso, se podia fazer alguma coisa. *"Calipso fala em segredo com Aristide: Não é nada, só que espero por alguém que nunca aparece."* *"Aristide fala em segredo com Calipso: Que é isso, meu amor, estou aqui todinho para você."* A resposta: *"Calipso fala em segredo com Aristide: Você não entende, não entende... Às vezes, só queria poder dizer quem eu sou."* Olhei para esse desabafo e toquei com a mão a tela, quisera poder atravessá-la e tocar Mara que, por um instante, deixava-se ver através de Calipso. Como Aristide havia silenciado, perguntou do que eu gostava de fazer depois do trabalho. Tomei o lugar de Aristide e respondi: *"Aristide fala em segredo com Calipso: gosto de livros."* E não pude deixar de concluir, *"gosto muito da* Odisséia*"*. Calipso ou Mara demoraram para responder e temi que tivessem ido embora. Mas depois de um terrível silêncio, apareceu na tela esta observação: *"Calipso fala em segredo com Aristide: Não parece contraditório gostar de Homero e também estar aqui?"* Respondi: *"Aristide fala em segredo com Calipso: Se os heróis trágicos tinham dentro de si, e em grau máximo, o sublime e a vileza, por que eu não podia ser um pouco humano também?"* Se pudesse vê-la, acho que a veria sorrindo, pediu que esquecêssemos Homero e todos os gregos e falássemos apenas de nós.

Mara me fazia amar de novo. Não chegamos a falar muito de nós, quando li na tela: *"Calipso fala em segredo com Aristide: Vamos nos encontrar amanhã? Não aqui nesta sala, mas de verdade?"* Ela queria se encontrar comigo! Marcamos um encontro num bar próximo à Paulista. Quando desliguei o computador, sentia-me encantado, abobado. Fui até o armário da cozinha e lá encontrei, atrás de umas latas, o que queria; retirei a tampa do pote, tirei de lá uma cereja que levei à boca fechando os olhos para sentir melhor o sabor, meus dentes penetraram na carne e um pouco de calda escorreu pelos meus lábios. Não sei quanto tempo este momento durou, só o tempo ordinário se mede pelos relógios. Fui me esticar no sofá e lá fiquei na minha eternidade.

Pensei em todas as palavras que trocamos esses dias. Recordei o rosto de Mara, seus gestos, novamente as conversas no bar. Pensei naquela teoria maluca da Cris sobre os mundos paralelos e concluí então que também Mara me buscava esse tempo todo. O sonho que tive essa noite desenvolveu o caminho que o raciocínio começara a percorrer na vigília. Adormeci no sofá.

Ao contrário do que sempre me aconteceu, o sonho era claro, lembro-me, por exemplo, de todas as palavras. Sonhei que estava em frente da tela do computador. Lia um conto, e o conto era exatamente o que escrevi acima até este momento, todas as palavras que estavam aqui estavam lá. Quando cheguei ao ponto em que adormeci no sofá, notei que a narrativa se interrompia, mas não toda a escrita, notei também que a estória não estava escrita no meu processador de textos; para meu espanto, tudo estava num e-mail que alguém me enviara. O meu espanto maior foi perceber que Mara era a remetente do e-mail. E continuava o texto nesse meu estranho sonho da seguinte maneira...

Você deve estar surpreso com as coisas que já leu e com a maneira que escolhi para dizê-las, meu querido Marco. Deve estar louco também por uma explicação. Vou tentar.

Quando nos encontramos naquele bar, você era para mim como qualquer um dos outros, mais um, pensei, que não sabe viver sem um celular, sem se exibir nos bares, sem um carro importado, arma poderosa para ganhar as gatas. Você me surpreendeu quando disse aquelas coisas sobre o *Titanic* e sobre *Um Instante de Inocência*. Você devia estar ali como eu. Será? O fato é que depois disso não pude ter muita atenção em outra coisa; e quanto mais fui observando, mais minha curiosidade foi sendo instigada. Não foi difícil perceber que você estava ali apenas para não desagradar seus amigos. E que a alma conturbada devia ser a sua! Ninguém naquela mesa poderia entendê-lo como eu. Pretensão minha, não? Acho que não era. Tudo começou como um jogo, o resto veio depois. Levando em conta o que disse Cris, ninguém delira sozinho, penso que quanto a nós, a regra aplicou-se perfeitamente. Fiquei pensando sobre aquela teoria dos mundos paralelos e pus-me a imaginar que as coisas que iam acontecendo comigo, de alguma forma, deveriam corresponder às coisas que iam acontecendo com você. Foi aí que me deu a idéia de me colocar em seu lugar e, com o pouco que sabia de você, imaginar uma estória possível que fosse a sua estória. Um jogo, eu disse. Foi assim que escrevi na forma de conto narrado em primeira pessoa que você já leu.

Tavito havia me dito por cima que você era separado e tinha uma filha, mas que problema mesmo era o que havia passado com sua última namorada. Soube os nomes. Comecei a imaginar então dois relacionamentos muito diferentes, com Flavinha havia sido feliz, mas já não a amava; com Márcia havia tido uma dessas paixões tão maravilhosas quanto arrasadoras. Pelo jeito, ela não havia saído do seu pé, o amor se transformava em vingança miúda, o motivo podia ser uma mesquinharia qualquer, um CD, um perfume, melhor os dois, pensei. Mas isto ainda não devia ser tudo, alguma coisa no ambiente de trabalho devia estar lhe aborrecendo muito. João Pedro disse algo sobre a Bolsa, a crise mundial por que o mercado de ações vem passando sai nos jornais todos os dias, os corretores devem estar vivendo um inferno. Além de tudo isso você deve ter ainda uma alma sensível, alguém que não assiste apenas aos filmes da moda, deve ser um bom apreciador de arte. Seu perfil, estando assim pronto, já poderia escrever sua estória.

Houve um momento em que você se ausentou completamente da conversa na mesa do bar. Devia estar pensando coisas do seu passado: uma chácara de uma tia do interior, um jantar com Flavinha, umas férias no Rio. Fizeram-no voltar à mesa para falar do *Titanic*, aquilo tudo devia ser uma chatice para você. Sua resposta me pegou tão de surpresa que devo ter feito uma cara e tanto, pois foi quando pela primeira vez você me percebeu. Depois disso, não me deu mais atenção, ou apenas a necessária para não ser indelicado. Planejei aquela cena final, sabia que não lhe seria indiferente, sabia que ela iria fazê-lo pensar em mim e iria também fazê-lo querer lembrar de coisas que eu havia dito antes. Você havia renunciado à vida, pensei, também à arte. Tudo devia ser uma chatice enorme e imaginei que talvez a única coisa que devia ficar fazendo em casa era passear pela Internet, então imaginei que pudesse encontrá-lo lá. Como vê, estava certa. Falei num dado momento quando a conversa esquentou que costumava freqüentar aquelas salas na Internet em que as pessoas conversavam sobre sexo. Você ainda não sabia, mas eu estava marcando um encontro. Aquela coisa engraçada sobre a Olívia e Popeye veio bem a calhar, dificilmente você esqueceria, pensando nisso, a dica que havia dado. Quando desse com o nome Calipso saberia que havia me encontrado. Por falar nisso, gostou do estilo com que escrevi? Quis fazer com que quase todas as imagens estivessem relacionadas com o mar, afinal era navegando pela Internet que você iria me encontrar. Até mesmo o início desse conto lembra vagamente um livro sobre o mar. "Chamo-me Ishmael..." É assim que começa o *Moby Dick*.

Depois de tudo, o que tive que fazer foi ir todas as noites e ficar numa dessas salas virtuais esperando que você chegasse. Contava mesmo com isso. Apareciam sempre uns chatos que queriam conversar, mas Penélope também sofreu lá suas agruras com os pretendentes. Confesso que quando Aristide apareceu, estranhei o nome, mas não me pareceu que era você. Casualmente uns dias depois, vi um cartaz de Lautrec que me chamou a atenção, dizia: *Aristide Bruant dans son cabaret*. Aristide Bruant foi quem levou seu amigo Lautrec, o pequeno Henri, a freqüentar as *maisons closes* parisienses. Aristide levaria Marco por essas salas igualmente veladas e surdas, lugar possível de nosso encontro. Dispensei-o inicialmente como fiz com outros, se fosse você, sabia que iria persistir, e muito. Conversamos um dia e, no segundo, quase desisti pensando que me enganara. Forcei-o a se revelar, lembra, "espero alguém que nunca aparece", ou, "às vezes queria dizer quem sou". Então você disse quem era quando falou da *Odisséia*. Finalmente tínhamos nos encontrado, e eu já ia me apaixonando. Consegui seu e-mail com Tavito e escrevi tudo isso para você como se escrevesse a minha estória. Acho, engraçado pensar nisso, que você é uma criação minha. Fim.

Quando despertei, estava perplexo com tão vivo sonho. Corri para o computador e escrevi tudo isso exatamente como me lembrava, com uma clareza assustadora. Eu havia sonhado, portanto eu é que havia criado tudo isso. "Ninguém delira sozinho." Me diziam as palavras da Cris, ou eram as de Mara. Talvez se abrisse o meu correio eletrônico encontrasse uma réplica do que está escrito aqui. Talvez Mara seja uma criação minha; talvez eu seja uma criação de Mara. Mas não é exatamente isso o que o amor faz? cria! Agora posso compreender a inscrição que li certa vez num abominável banheiro público; entre o desenho de um pênis e uma série de palavrões, alguém havia escrito: "Quando amamos somos o Deus e o barro". Daqui a algumas horas vou me encontrar com

Mara, deixo esse escrito aqui como alguém deixa uma mensagem numa garrafa. E seu nome ressoa nas margens desse conto: Mara... Mara...

    Amar... Amar

              Mar...

A Casa

> *Talvez eu tenha criado as estrelas e o sol e a enorme casa, mas já não me lembro.*
>
> JORGE LUIS BORGES, *A Casa de Asterion.*

A noite estava quente apesar da chuva da tarde. O homem penetrou no jardim da casa, sentou-se ao lado da cerca viva lateral e fez de um grande tronco o escudo que o ocultava dos olhos da rua. Nessa posição, seus pés se empapavam numa poça amarela. Os outros chegariam logo, pensou não sem alguma resignação e algum medo. Mais uma vez, mas agora em condições menos tranqüilas, ele veio ver a casa. Seus olhos buscaram a porta lateral. Devia estar aberta, e isso era mais que um pressentimento. A casa toda penetrava-lhe pelos olhos. A vista foi escalando os andares superiores, os pavimentos haviam de ser três ou quatro irregulares, as janelas tinham formas ogivais e as paredes, silenciosas e cinzentas. A falta da luz do sol e o medo desvaneciam-na. Euclides aspirou com dificuldade o ar úmido da noite e, como se esquecesse de sua condição de fugitivo, fechou os olhos. Continuou a ver a casa projetada na escuridão das pálpebras. Quando foi a primeira vez que a encontrou? Não sabia, e, às vezes, duvidava que tivesse havido uma primeira vez. A casa lhe era imprescindível. Vinha vê-la de quando em quando e dali, do outro lado da rua, petrificado ao muro, deixava-se ficar por muito tempo a riscar com os olhos suas exatas linhas. Os moradores? Nunca os vira, mas o jardim estava sempre bem tratado e, à noite, a casa iluminava-se com discrição.

– Você é um sonhador! – disse para si, repetindo a frase que alguém certa vez dirigiu a ele. – E um idiota também – completou.

Encheu os pulmões como se quisesse engolir a noite. Pensou na prisão e repetiu a jura de nunca voltar para lá; pensou no crime que lhe imputaram e na sua inútil defesa; pensou no vazio que havia em sua memória da noite do crime. Nem quando lhe relataram os detalhes ele se lembrou de nada. Aceitou-se criminoso como aceitava a comida que lhe deram na prisão: não se tratava de uma escolha. Amargou cada longo dia dos dias que lhe faltou a liberdade; não compartilhou com nenhum colega de aflições nenhuma dor íntima.

Ao sair, e isso foi há algumas semanas, atirou-se a vingar todo o tempo perdido. Queria expandir-se, queria ser do tamanho de uma noite de liberdade. Bebeu com muitos homens, deitou com muitas mulheres, foram tantos e tantas que agora todos os rostos se confundem e, na vontade de lembrá-los, se perdem. Brigou algumas vezes, feriu; chegou ao roubo. Em uma noite, entregou à polícia um amigo; em outra, meteu três tiros num soldado da Rota, contribuindo assim para o nascimento de um herói e de um desejo de vingança entre colegas de farda. Estava perdido e, agora ali no jardim, sabia que de tempo só lhe restavam migalhas.

De repente um ruído próximo. Debaixo de uma jardineira, há uns quatro metros, algo se moveu. Euclides puxou o revólver para perto do peito, firmou a vista e o punho. Não era nada, só um mendigo, um farrapo de humanidade mergulhado em seu sonho. Coçou-se, falou algo numa língua incompreensível e silenciou. Euclides olhou-o com repugnância, no fundo com inveja.

Euclides notou que havia muita luz entre o local em que estava e a porta lateral. Numa corrida seria um alvo fácil, se bem que sabia correr muito bem, tinha as pernas de lobo guará, como dizia a avó. Isto trouxe-lhe uma recordação antiga. Houve um tempo, quando menino, em que tinha que levar marmita para pai e não foram poucas as vezes que teve que fugir de outros meninos. Nunca o pegaram. O pai na época já era um velho; tolerado por uma imobiliária, passava os dias em mansões à espera de possíveis compradores. Quando estes apareciam, mostrava-lhes a casa e punha-os em contato com os corretores de verdade. Vendida a mansão, deslocavam-no para outra. Euclides pensou com alegria nesse tempo que lhe parecia estranhamente pertencer a uma outra vida. Esperava que o pai terminasse de almoçar; esperava que, como sempre, o pai lhe contasse uma estória. E eram as aventuras do Barão e seus amigos extraordinários, ou as desventuras de uma criatura meio homem meio touro, preso num labirinto que era também sua casa. Depois, enquanto o pai lhe permitia, ia percorrer as escadas e os cômodos; inventava então outro Euclides com quem brincava numa cozinha ou corredor, com quem conversava em algum pátio. Um dia tudo isso terminou. O menino chegou com a marmita e encontrou o pai deitado na sala. Aproximou-se, pôs-lhe dedo na testa para acordá-lo, mas a testa estava fria. Enquanto recordava, a tristeza empurrara outros sentimentos e ombreava-se agora somente com o medo.

Outro barulho lembrou-lhe do perigo; logo estariam em cima dele. Estava cercado e já podia ver no escuro mais escuro dos olhos cerrados o piscar medonho das viaturas. Foi então que o mato mexeu ali e aqui e um cão ladrou perto. Abaixo do pomo de Adão pulsou involuntária a tenra carne do pescoço. Era a hora. Apenas alguns minutos haviam se passado desde sua entrada no jardim, e a vida toda parecia caber ali. Não podia mais lembrar: era a hora! Euclides enfiou o que pôde de coragem dentro de si e ergueu-se num salto. Pulou para a perigosa zona de luz e começou sua corrida em direção à porta lateral. Havia de conseguir, mas, mal tinha dado o segundo passo, sentiu a terra deslizar sob seus pés. Todo seu corpo tocou o solo sob terríveis estrondos e uma horizontal chuva luminosa de disparos. Pressentiu que era o fim. No chão ouviu próximo uma voz gutural e absurda, era o mendigo apanhado no meio do corredor entre o sono e a vigília. Viram o pavor um nos olhos do outro. Mas os tiros prosseguiam e um novo salto levantou Euclides, colocando-o de volta na corrida. Tinha as pernas de lobo guará, como dizia a avó, e correu no limite do possível; nunca o pegaram, venceria de novo. Sua mão chegou à maçaneta, girou-a, entrou.

Prendeu a porta com o corpo. Conseguira. O rosto estava gelado e úmido, as pernas bambas, os sentidos querendo deixá-lo. Controlou-se. Era um milagre a porta estar aberta, aceitava-o como aceitava o fato de não estar ferido. Muito barro, restos de grama, mas nenhuma mancha de sangue, nenhum arranhão, nada. Persignou-se. Notou, no entanto, uma falta inconsolável: o revólver. Perdera-o na corrida. Sentiu vontade de rir, como podia ser tão estúpido! Paciência; estava vivo. Do lado de fora, agora, era o silêncio, um estranho silêncio. Euclides olhou em volta e a casa parecia deserta. Aceitou feliz mais este pequeno milagre sem ponderar. Pareceu sentir um fresco cheiro de incenso, as paredes tinham a cor creme e uma luz frouxa predominava em toda a parte. Intuiu a existência de uma escada à esquerda, encontrou-a. Quis saborear cada instante da casa, mas ainda não se permitia. No segundo andar, olhou pelo canto de uma janela e respirou mais tranqüilo: tudo estava em paz, nada que revelasse uma iminente invasão. Ao lado de uma viatura com as portas escancaradas, dois guardas conversavam. Noutro ponto, havia um número maior de fardas. Euclides estremeceu com o que viu. No meio dos guardas, no local onde ele há pouco caíra, havia um homem morto. Alcançou outra janela menos míope, um policial levava sua arma enlameada para aquele que parecia ser o superior, outros carregavam o corpo. Quando chegou a outra janela, já haviam jogado o corpo para dentro do camburão e preparavam-se para partir.

Uma ruga cravou-lhe na testa. Uma idéia horrível passou-lhe por dentro, mas ele a repudiou. Subitamente arregalou os olhos e teve vontade de pular de alegria: o mendigo. E parecia ter voltado a ser criança: o mendigo morrera no seu lugar! Era isso; só podia ser isso! Alimentou a idéia com carinho e ela lhe bastou. Os homens foram embora; não havia mais com que se preocupar, estava cansado, mas feliz.

A casa agora era só sua. Numa sala do segundo andar, rodopiou e dançou, numa outra do terceiro, sentiu que podia voar. Por fim sentou-se diante de uma ampla janela. Olhou as piscantes luzes da cidade e tudo era bonito. Saboreou a leveza dessa eternidade. As luzes eram mesmo muito bonitas. O pensamento rejeitado há pouco arrumou um jeito de voltar, mais uma vez Euclides o mandou embora. Era um pensamento mau, uma idéia feia de que talvez nada daquilo fosse real, que talvez ele tivesse inventado outro Euclides e o colocado ali sentado em frente à janela, enquanto de verdade agonizava no fundo escuro de um camburão. Afastou este pensamento triste e, carregado de felicidade, deixou cair as pálpebras e dormiu... dormiu profundamente.

TALAGARÇA

> *Destruir em nós os antigos pesares é um longo sofrimento.*
> *Todo amor defunto põe a alma num purgatório.*
>
> GASTON BACHELARD, *Poética do Fogo.*

Você me pergunta se eu acredito em fantasma! Mas, se veio me procurar é por que já sabe da resposta. O que você quer saber é da minha estória, não é? Mais do que isso, quer saber da minha estória modulada por minha boca. Está certo! Mas isso é digno de se publicar, é?... minha estória? Pois lhe conto de bom grado e olhe, se não é bonita nem instrutiva, deve ter algum sabor de vida. Ver um fantasma, meu jovem amigo, faz de um menino um homem, acredite. Eu, sinceramente, não sei nada de fantasmas, só que, como já lhe contou algum vizinho, casei-me com um, melhor dizendo, com uma. Verdade; pra que essa cara! Se quer saber lhe conto; acha que minha estória é mesmo digna de ser publicada? Não se afobe, eu lhe conto e seja feliz. Peço porém uma única coisa: não publique meu nome. Não que me importe, nessa altura da vida, com o que possam pensar de mim os outros, mas não gostaria de ser incomodado na minha solidão. Feito esse acordo, começo.

Pois começo dizendo que me tornei um velho ranzinza, chato, insuportável. Não tanto para os conhecidos, com quem conversava coisas agradáveis, pior para Alina, que tinha que me agüentar na intimidade. Confesso que nem sempre fui assim, quando casamos, estávamos de fato apaixonados um pelo outro. Deixei uma prima, que sonhava já com vestido de noiva, por Alina. E olhe que minha prima era rica, mas riqueza maior eu encontrava no coração e nos gestos de Alina.

Não sei quando é que precipitamos a nos odiar, se é que todas aquelas batalhas nossas eram feitas de ódio. Já não conseguia me lembrar de uma semana em paz; brigávamos por tudo e por nada; às vezes, ficávamos dois dias sem nos falar, outras vezes, a paz, esse intervalo bento entre duas batalhas, esse breve oásis que nos recebia em seus braços e nos recolocava de pé para o combate que nos aguardava. Inseparáveis, irreconciliáveis. Por saber que ela amava as linhas com que trabalhava às tardes, eu desprezava todo o trabalho que levavam de mim suas mãos. Tricô, crochê, talagarça... nunca lhe fazia um elogio, quando muito olhava e balançava a cabeça nem a dizer sim nem a dizer nada. Alina deixou aos poucos de me dar o prazer de apreciar suas obras. Aonde havíamos de chegar? Mostro-lhe com este episódio. Certa vez, de propósito, meus pés se chocaram com as sacolinhas das lãs que Alina deixava, vez por outra, ao lado da poltrona.

Embaracei-me falsamente nos fios, fingi uma queda, exagerei meu ato para dar mais dramaticidade à cena; saí xingando os diabos todos que haviam inventado linhas e lãs. Não ria, menino, você não imagina as coisas ridículas que um homem pode fazer. E eu fazia, e era uma delícia ver Alina tentar se defender sem me acusar: impossível. Eu a forçava dizer que a culpa era minha; eu a forçava dizer que era eu quem devia prestar mais atenção por onde andava e ela dizia isso com um meio tom de rancor acima na voz e outro meio nos olhos. Não deixei instante para defesa falando mais e mais alto. Nesse dia, eu sei, ela me odiou, vi isso além dos lindos olhos, e senti raiva e prazer.

Claro que, por último, Alina aprendeu também a inventar suas armas. A pior delas, e ela sabia como me magoar, era relatar aos outros, na minha ausência ou presença, os meus pecados domésticos. Se estivesse com amigos contando alguma vantagem, Alina era capaz de intervir e, sem nenhum constrangimento, me desmentir. Numa voz tranqüila, sem nenhum sinal de raiva ou mágoa, ou como alguém que revela um segredo, dizia coisas terríveis de mim de maneira serena, absolutamente serena. Ela não era assim, deve ter ensaiado muito! Que desempenho! Tentava me defender e ela me agredindo educada, dizendo: não, Fernando, você é assim, olha, outro dia me fez uma coisa que só você mesmo, chegou em casa e... foi contando assim, assado, nos detalhes tudo o que fiz... E eu olhava Alina, e ela, imperturbável, rosto grave por fora e riso vitorioso por dentro. Isso sim era um jogo sujo. Contar em conversa de amigos minhas mais íntimas maldades é coisa pra não se perdoar nunca. O senhor não concorda? Não, já vi que não, mas, olha, uma coisa assim é pior que publicar um pecado. Porque a publicação pode bem ser apenas uma verdade inventada, mas a coisa sendo dita assim na frente de réu e de juízes, como ela fazia, era caso indefensável. E era assim que ela ia alimentando sempre mais minha vontade de maltratá-la.

Por que não me separava! Ora, pensei nisso e até sopesei a tristeza e a vergonha do ato. Não valia a pena: na época meu menino tinha dez e a menina oito, éramos donos da casa em que morávamos e já pensávamos em comprar um carro; todos os meus infernos já eram meus conhecidos. Claro que nem todas as chamas queimam no mesmo tom, existiram bons momentos que eu não trocaria pela felicidade de outra vida. Tenho bom emprego e bons vícios, nunca cheguei atrasado ao escritório, então tenho o direito de, nas noites quentes, desafogar o colarinho e a alma e ir beber e jogar no bar com os amigos; aos domingos tinha futebol no Pinheiral. Como vê, nada que uma mulher não possa suportar, estou falando das mulheres daquele tempo. Muitas vezes ela ficava me esperando na esquina até eu me satisfazer de ficar com os amigos e decidir vir embora. Vínhamos juntos como era justo, agarrava-se a meu braço e dizia que eu devia estar cansado e tinha que levantar cedo. Era bom saber que ela se preocupava comigo.

É claro que certas vezes isso também me aborrecia. Pensava nos amigos que iam se divertir com as meninas do Castelinho. Ah, o Castelinho! Aquilo era um palácio de fadas, sem nenhuma trama e cheio de secretos encantos femininos. Freqüentei lá muito de solteiro. Quando apareceu Alina, ela tinha todos os encantos de todas as outras. Lembro que minha mãe, no início, não gostava dela, acho que sempre a detestou, mas teve que se conformar ao ver seu filho, tão novo ainda, cada vez mais enamorado. Nos primeiros anos me esqueci do Castelinho. Depois e aos poucos, a saudade foi puxando pela memória e lembrei-me de algumas moças, a Lila, a Camélia, a Giza, Sofia. Ninfas que se encarnavam de mulheres e encantavam a noite: alegria, peitos perfeitos de graça, Lila; pernas, olhos e música, Camélia; a frescura do sexo, a voltagem nas coxas, Gisa e o mistério de Sofia. Imagine, o amigo, um marinheiro que tivesse ouvido o canto das sereias e que, por um milagre ou por artifício, tivesse escapado. Imagine que esse marinheiro retorna à terra, perambula solitário, uma inquietação no sangue o surpreende sempre quando olha o mar, então sabe que quer voltar, sabe que quer de novo se embalar pelas mais ternas graças. Volta ao mar, é capaz de morrer, mas volta ao mar, volta e as procura, as procura... e não as encontrará mais. Quando voltei muito depois ao Castelinho, todas as moças tinham se encantado no ar; como o marinheiro, eu envelheci.

No escritório dois andares acima do meu, trabalhava Maria das Graças, escriturária. Quem sabe tivesse sido mais feliz com Maria das Graças, tinha vinte e cinco anos e eu já quase dobrava a sua idade. Gostou muito de mim, era bonita, tinha o gênio do carinho nas mãos e na boca; gostou um bocado de mim! Era capaz de ser feliz com ela fosse eu outro, devia ter ido com ela. Alina, sem dizer ou fazer nada, fazia eu me sentir culpado, ainda que a culpada era ela, sim ela, bastava somente existir a minha volta para ser culpada de eu sentir culpa. Alina, aos poucos, foi deixando de ser para mim a brisa de todas as outras e foi sendo cada vez mais o muro entre mim e elas, entre mim e mim. Mas ela também teve a sua chance de ir embora, e não foi.

Soube depois, mas aí já era tarde, por parte de uma velha empregada, que andou com a gente um tempo e que era muito chegada a Alina, soube uma coisa que me deixou em verdadeiro estado de espanto. Disse-me Marinalva, era esse o nome da velha, que certa vez perguntou à minha mulher se em algum momento já tinha a patroa pensado em me deixar. Alina respondeu: "Já perdi a condução de ir embora, Marinalva, mas não a esperança de um dia reencontrar o Fernando que conheci e valia por todos os homens". Disse assim, me jurou a velha, mas aí eu já não podia olhar nos olhos de Alina para sentir o quanto isso era verdade.

Foi então, só aí que me deu na idéia de querer saber como era mesmo que eu tinha amado Alina. Foi nessa época, já viúvo, que os amigos foram notando as mudanças. Já não era de companhia, de ficar no bar até tarde, de jogar sueca, de beber cerveja, nada disso já me agradava como outrora tão recente. Agora que tinha a permissão do estado civil de viúvo, a solidão mais apegada a mim, mal ficava no bar. Assistia ao jogo no Pinheiral, uma cerveja, no máximo duas e já estava a caminho de casa. Foi aí que começaram a inventar que eu morava com um fantasma. Os garotos atravessavam a rua para não passar em frente de casa, uns mais crescidos atiraram pedras nas minhas vidraças. Eu só queria me recolher e pensar na vida com Alina, cobrava o direito que tinha à minha tristeza.

Nos últimos quinze anos com Alina, os meninos, agora já casados, evitavam nos visitar, apareciam em algumas datas estratégicas. Achavam infantis nossas brigas, penso que riam de nós talvez porque, e sempre é melhor rir, não pudessem suportar a terrível seriedade que havia no destrato que nos unia. E houve um tempo que eu me perfumava para Alina; e houve um tempo em que ela era o único acontecimento. Por que não foi embora quando teve a sua vez? Se soubesse o que seríamos no fim da vida... mas quis ficar. Soube, mais tarde, que o destino também lhe deu uma chance. Quanto mais vou descobrindo Alina, mais íntimos nos tornamos.

Um irmão de dona Palmira, nossa vizinha de parede e quintal, veio morar aqui ao lado com ela. Tinha a minha idade na época, trinta e cinco anos, solteiros. Este foi o homem que se apaixonou por ela. Só há pouco pude arrancar de Marinalva os mais profundos detalhes. Erasmo, era o nome do homem, lembro-me que gostava dele. Sujeito discreto, tinha um invejável posto na *Light,* bom emprego e boas roupas, mas se esquecera de casar. Seu quarto era uma janelinha no segundo andar e foi dali que descobriu Alina. Podia vê-la no quintal, ou na varandinha, que era onde Alina tecia as suas tardes.

A primeira vez que a viu, ela cuidava da roupa. Havia no céu de santinho um sol quente de começo de primavera; Marinalva disse da cozinha alguma coisa que fez Alina rir; o rosto estava muito corado, passando pelo tanque, refrescou-se. Erasmo gostou do que viu. Um dia quem o descobriu foi ela e acenou-lhe um bom-dia. Assim é o começo, assim são as coisas, mal nos importamos com um tesouro até vê-lo, depois não paramos de buscá-lo. E Erasmo e eu fizemos uma amizade mais estreita, acho que até além do que sua natureza permitia. Soubesse dessas coisas naquele tempo ia ser uma desgraça, pública ou íntima, mas uma desgraça. Alina tomou gosto de conversar com Erasmo. No começo não eram mais que duas palavrinhas que trocavam por sobre o muro. Logo olhares de ambos os lados teimavam em saltar o mesmo muro com uma avidez de menino.

Como sei de tantos detalhes? Mas, meu jovem amigo, a vida não é mais que detalhes, e olha que só alguns importam. Veja este: Erasmo amou Alina e ela é possível que o tenha amado muito. Erasmo convidou-a a morarem juntos, propôs-lhe fuga, cuidaria dela e dos meninos, verdade! E ela ficou. Eu sei, as nossas brigas, os ódios que tantas vezes encontrei no olhar dela, Alina me culpava por não ter tido coragem de me deixar antes? Porque um dia Erasmo foi embora, foi pra longe porque não podia agüentar mais viver assim tão perto e tão longe de Alina. Insistiu que fosse com ele; ela quis ficar. Mudasse de idéia, ele viria buscá-la. Erasmo esperou a vida toda; veio para o velório. Não me cumprimentou, lembro bem disso; veio, chorou e saiu.

O que mais sempre me espanta é que Alina escolheu a nossa vida. Claro que não sabia o que viríamos a ser depois. Mas seria verdade o que Marinalva havia me dito?

Alina buscava em mim o homem que amou? Essas coisas eu nunca havia pensado, só tratava de sofrer e de castigá-la. Mas ela alguma vez deve ter parado para pensar: valia a pena, valia a pena ficar à espera de uma trégua que nunca viria. E ia ficando, carregando esse peso enorme, a esperança. Olha que deve ter erguido os olhos algumas vezes para a janelinha do segundo andar procurando o que havia já se mudado. A cortina branca, agora solitária, já não ocultava o rosto daquele que um dia a descobriu dali e dali a cultuou e a desejou tantas vezes. Era só falar para dona Palmira que chamasse o irmão, era só telefonar para o número que havia dado a ela quando se foi. Alina preferiu ficar comigo e ela morreu sem que assinássemos nenhum armistício.

Sonhei tantas vezes com a libertação que seria a sua morte. Como não fizera planos, quando Alina se foi, eu não tinha o que cumprir. Nem o bar nem o Pinheiral podiam mais me seduzir como antes. Passar as tardes em casa e foi então que dei para pensar o que havia sido a minha vida. Uma vez me surpreendi sentindo saudade de Alina. Lembro que estava em frente da pia, o sol se punha e eu pensava num defeito que ela tinha, não conseguia segurar algumas coisas com firmeza, sempre tombava o copo da bilha quando ia beber água. Aquilo era irritante demais e xingava a frouxidão de sua mão furada. E pensar que algum dia já achei gracioso esse seu defeito, e pensar que algum dia eu já achei gracioso o fato de ela ter defeitos. Senti saudade e já não sabia mais de que momento. Senti saudade. Sabe então, moço, aconteceu uma coisa maravilhosa. Estava ali sentindo a falta de Alina e a vontade de chorar, quando uma brisa da tarde entrou e agitou de leve os braços da cortina; como uma delicada mão, a ponta da cortina derrubou o copo. Nesse momento eu soube, Alina estava comigo. Todas tardes ela vem me ver e passamos as horas conversando. Falo das novidades do dia e das coisas que amávamos juntos outrora. É engraçado, encontramos uma distância para nos amar e eu sinto tanta saudade dela. Gostaria de poder tocá-la, e agora só o que consigo é só abraçar o vento. Engraçado como sou, quando podia tocá-la, rejeitei-a, hoje sinto saudade do impossível. Às vezes penso em partir, mas partir, no meu caso, é ir mais para perto dela. Estamos atados um ao outro como as figuras presas as linhas da talagarça que fazia. E ela conseguiu achar o homem que procurava? Às vezes penso que o fantasma seja eu, preso a minha casa e ao labirinto das minhas lembranças. Já tem minha estória, moço, agora, aperte minha mão.

Título	A Urna
Autor	David Oscar Vaz
Projeto Gráfico	Ateliê Editorial
Capa	Moema Cavalcanti
Editoração Eletrônica	Ricardo Assis
	Aline E. Sato
	Amanda E. de Almeida
Formato	12 x 18 cm
Mancha	9 x 15 cm
Tipologia	Sabon
Papel de Miolo	Pólen Bold 90 g / m^2
Papel de Capa	Cartão Supremo 250 g
Número de Páginas	140
Tiragem	1 000
Impressão	Lis Gráfica